Luigi Pirandello

Donna Mimma

I. DONNA MIMMA PARTE.

Quando donna Mimma col fazzoletto di seta celeste annodato largo sotto il mento passa per le vie del paesello assolate, si può credere benissimo che la sua personcina linda, ancora dritta e vivace, sebbene modestamente raccolta nel lungo «manto» nero frangiato, non projetti ombra su l'acciottolato di queste viuzze qua, né sul lastricato della piazza grande di là.

Si può credere benissimo, perché agli occhi di tutti i bimbi e anche dei grandi che, vedendola passare, si sentono pur essi diventare bimbi a un tratto, donna Mimma reca un'aria con sé, per cui subito, sopra e attorno a lei, tutto diventa come finto: di carta il cielo; il sole, una spera di porporina, come la stella del presepio. Tutto il paesello, con quel bel sole d'oro e quel bel cielo azzurro nuovo su le casette vecchie, con quelle sue chiesine dai campaniletti tozzi e le viuzze e la piazza grande con la fontana in mezzo e in fondo la chiesa madre, appena ella vi passa, diventa subito tutt'intorno come un grosso giocattolo di Befana, di quelli che a pezzo a pezzo si cavano dalla scatolona ovale che odora di colla deliziosamente. Ogni dadolino - e ce ne son tanti - è una casa con le sue finestre e la sua veranda, da mettere in fila o in giro per far la strada o la piazza; e questo dado qui più grosso è la chiesa con la croce e le campane, e quest'altro la fontana, da metterci attorno questi alberetti che hanno la corona di trucioli verdi verdi e un dischetto sotto, per reggersi in piedi.

Miracolo di donna Mimma? No. È il mondo in cui donna Mimma vive agli occhi dei piccoli e anche dei grandi che ridiventano subito piccoli appena la vedono passare. Piccoli, per forza, perché nessuno può sentirsi grande davanti a donna Mimma. Nessuno.

Questo mondo ella rappresenta ai bimbi quando si mette a parlare con essi e dice loro come a uno a uno ella sia andata a comperarli lontano lontano.

- Dove?

Eh, dove! Lontano, lontano.

- A Palermo?

A Palermo, sì, con una bella lettiga bianca, d'avorio, portata da due belli cavalli bianchi, senza sonagli, per vie e vie lunghe, di notte, al bujo.

- Senza sonagli perché?

- Per non far rumore.

- E al bujo?

Sì; ma c'è pure la luna, di notte, le stelle. Ma anche al bujo, sicuro! Si fa pur notte, quando si cammina e cammina a giornate, per tanta via. E poi sempre di notte s'arriva, al ritorno, con quella lettiga, e zitti zitti, che nessuno veda, che nessuno senta.

- Perché?

Ma perché il bambinello comperato da poco non può sentire nessun rumore, ché si spaventerebbe, e neppure può vedere in principio la luce del sole.

- Comperato? Come, comperato?

- Coi denari di papà! Tanti tanti.

- Flavietta?

- Ma sì, Flavietta più di duecent'onze. Più più. Con questi riccioletti d'oro, con questa boccuccia di fragola. Perché papà la volle bionda così, ricciutella così e con questi occhi grandi d'amore che mi guardano, gioja mia, non mi credi? poche duecent'onze, per quest'occhi soli! Vuoi che non lo sappia, se t'ho comperata io? E pure Ninì, sì certo. Tutti vi ho comperati io. Ninì un pochino di più, perché maschietto. I maschietti, amore mio, costano sempre un pochino di più; lavorano, poi, i maschietti e, lavorando, guadagnano assai, come papà. Ma sapete che pure papà l'ho comperato io? Io, io. Quand'era piccolo piccolo, certo! quando ancora non era niente! Gliel'ho portato io, di notte, con la lettiga bianca alla sua mamma, sant'anima. Da Palermo, sì. Quanto, lui? Uh, migliaja d'onze, migliaja!

I bimbi la guardano allocchiti. Le guardano quel fazzoletto bello, di seta celeste, sempre nuovo, su i capelli ancora neri, lucidi, spartiti in due bande che, su le tempie, formano due treccioline che passano su gli orecchi, dai cui lobi, stirati dal peso, pendono due massicci orecchini a lagrimoni. Le guardano gli occhi un po' ovati, dalle palpebre esili, guarnite di lunghissime ciglia; la pallottolina del naso un po' venata, tra i fori larghi violacei delle nari; il mento un po' aguzzo, su cui s'arricciano metallici alcuni peluzzi. Ma la vedono come avvolta in un'aria di mistero, questa vecchietta pulita, che tutte le donne chiamano, e anche la loro mamma, la Comare, che quando viene a visita capita sempre che la mamma non sta bene, e pochi giorni dopo, ecco, spunta un altro fratellino o un'altra sorellina, che è stata lei ad andarli a comperare, lontano lontano, a Palermo, con la lettiga. La guardano, le toccano pian piano, coi ditini curiosi, un po' esitanti, lo scialle, la veste; ed è, sì, una vecchietta pulita, che non pare diversa dalle altre; ma come può andare poi così lontano lontano, con quella lettiga, e come l'ha lei, quest'ufficio nel mondo, di comperare i bambini, e di portarli, i bambini, come la Befana i giocattoli?

Ma essi, dunque... - che cosa? No, non sanno che pensare; ma sentono in sé, vago, un po' del mistero che è in quella vecchietta, la quale è qua con loro adesso, qua che la toccano, ma che se ne va poi così lontano a prenderli, i bambini, e dunque anche loro... già... a Palermo, dove? dove lei sa ed essi, piccoli, non sanno; benché certo, là, piccoli piccoli, ci sono stati anche loro, se ella è andata a comperarli là...

Istintivamente con gli occhi le cercano le mani. Dove sono le mani? Lì, sotto lo scialle. Perché non le mostra mai donna Mimma, le mani? Già! con le mani non li tocca mai: li bacia, parla con loro, gestisce tanto con gli occhi, con la bocca, con le guance; ma dallo scialle le mani non le cava mai per far loro una carezza. È strano. Qualcuno, più ardito, le domanda:

- Non le hai, le mani?

- Gesù! - esclama allora donna Mimma, volgendo uno sguardo d'intelligenza alla mamma come per dire: «E che è? diavolo, questo bambino?».

- Eccole qua! - soggiunge poi subito, mostrando le due manine coi mezzi guanti di filo. - Come non le ho, diavoletto? Gesù, che domande!

E ride, ride, ricacciandosi le mani sotto e tirandosi con esse lo scialle su su, fin sopra il naso, per nascondere quelle risatine, che, Dio liberi... Oh Signore! le viene di farsi la croce. Ma guarda che cose possono venire in mente a un bambino!

Pajono fatte, quelle mani, per calcare nello stampo la cera di cui sono formati i Bambini Gesù che in ogni chiesa si portano su l'altare in un canestrino imbottito di raso celeste la notte di Natale. Sente donna Mimma la santità del suo ufficio, quanta religione sia nell'atto della nascita, e agli occhi dei bimbi lo copre con tutti i veli del pudore; e anche parlandone coi grandi non adopera mai una parola, che muova o diradi quei veli; e ne parla con gli occhi bassi e il meno che può. Sa che non è sempre lieto, che spesso anzi è così triste il suo ufficio d'accogliere nella vita tanti esserini che piangono appena vi traggono il primo respiro. Può essere una festa il bimbo ch'ella porta in una casa di signori; anche per il bimbo, sì; benché non sempre neanche lì! Ma portarli - e tanti, tanti - nelle case dei poveri... Gli piange il cuore. Ma è lei sola a esercitare, da circa trentacinque anni, quest'ufficio nel paesello. O, per dir meglio, era lei sola, fino a jeri.

Ora è venuta dal continente una smorfiosetta di vent'anni, piemontesa; gonna corta, gialla, giacchetto verde; come un maschiotto, le mani in tasca: sorella ancora nubile d'un impiegato di dogana. Diplomata dalla R. Università di Torino. Roba da farsi la croce a due mani, Signore Iddio, una ragazza ancora senza mondo, mettersi a una simile professione! E bisogna vedere con quale sfacciataggine: per miracolo, quella sua professione, non se la porta scritta in fronte! Una ragazza! una ragazza, che di queste cose... Dio, che vergogna! E dove siamo?

Donna Mimma non se ne sa dar pace. Volta la faccia, si ripara gli occhi con la mano appena la vede passare sculettando per la piazza, a testa alta, le mani in tasca, la piuma bianca ritta al vento sul cappellino di velluto. E che strepito fanno quei tacchetti insolenti sul lastricato della piazza: - Passo io! passo io!

Non è donna quella: una diavola è! Non può essere creatura di Dio, quella!

- Come? la tabella?

Ah sì? ha fatto appendere la tabella col nome e la professione sul porticino di casa? E si chiama? Elvira... come? signorina Elvira Mosti? Ci sta scritto signorina? E che vuol dire diplomata? Ah, la patente. La vergogna patentata. Dio, Dio, si può credere una cosa simile? E chi la chiamerà quella sfacciata? Ma che esperienza poi, che esperienza può aver lei, se ancora... in nome del Padre, del Figliuolo e dello Spirito Santo. S'hanno da vedere di queste cose ai giorni nostri? in un paesello come il nostro? Vih... vih... vih...

E donna Mimma scuote in aria le manine coi mezzi guanti di filo come se si vedesse lingueggiar davanti le fiamme dell'inferno.

- Nossignora, grazie, che caffè, signora mia! acqua, un sorso d'acqua mi faccia portare; sono tutta sconcertata! - dice nelle case delle clienti, da cui di tanto in tanto si reca a visita, o a fare, com'ella dice, «un'affacciata», per sapere... no? niente? Lasciamo fare a Dio, signora mia, ringraziato sia sempre in cielo e in terra!

Se n'è fatta quasi una fissazione; non perché tema per sé, che le signore le abbiano a fare un torto per quella lì; figurarsi se può temere una tal cosa conoscendo che signore sono, col timore di Dio, con l'educazione del paese e il rispetto delle cose sante! Neanche per sogno...

- Ma dico, dico, oh Vergine Maria, per la cosa in sé... questo scandalo... una ragazzaccia... Dicono che parla come un carabiniere... che tutte le parolacce le dice chiare, come se fosse una cosa naturale...

È tanto compresa della mostruosità dello scandalo, che non s'accorge dell'impaccio afflitto con cui la guardano le signore. Pare che abbiano da dirle qualche cosa e non ne trovino il coraggio.

Oggi, il medico condotto s'è voltato di là, vedendola passare. Non l'ha vista? Ma sì, che l'ha vista! L'ha vista e s'è voltato. Perché?

Viene a sapere, poco dopo, che quella svergognata lì è andata a trovarlo a casa, col fratello. Certo per raccomandarsi. Chi sa che moine gli avrà fatto, come le sanno fare codeste forestieracce sbandite che nelle grandi città del Continente hanno perduto il santo rossore della faccia; ed ecco che questo rimbambito di medico... Il diploma? E che c'entra il diploma? Ah sì, difatti, per il diploma! Ma via, che non si sanno queste cose? Due smorfiette, due carezzine, e come la paglia pigliano fuoco, gli ominacci; anche i vecchi adesso, senza timor di Dio! Che fa il diploma? che c'entra? Esperienza ci vuole, esperienza.

- Eh, ma anche il diploma, donna Mimma, - le risponde sospirando il farmacista, col quale, passando, s'è lagnata del voltafaccia del medico.

- E io che ho diploma forse? - esclama allora donna Mimma, sorridendo e giungendo per le punte delle dita le due manine coi mezzi guanti di filo. - E sono già trentacinque anni, trentacinque, che tutti quanti siete qua, e pure voi, don Sarino, vi ho portati io, con la grazia di Dio, figliuoli miei; che n'ho fatti di viaggi a Palermo! Ecco, ecco, guardate qua!

E donna Mimma si china a prendere tra quelle due manine che quasi non pajono, ma che pure hanno tanta forza, un bel bimbone della strada, che s'è fermato davanti la farmacia, e lo leva alto, nel sole.

- Anche questo! E quanti ne vedete, tutti io! Sono andata a comperarvi tutti io, a Palermo, senza diploma! A che serve il diploma?

Il giovane farmacista sorride.

- Va bene, donna Mimma, sì... voi... l'esperienza, certo... ma...

E la guarda afflitto e impacciato e neanche lui ha il coraggio di farle intravvedere la minaccia che le pende sul capo.

Finché dalla Prefettura del capoluogo le arriva una carta con tanto di stemma e di bollo, mezza stampata e mezza scritta a mano, nella quale ella non sa legger bene, ma indovina che si parla del diploma che non ha, e che ai sensi degli articoli tali e tali... È ancora dietro a decifrarla, quella carta, che una guardia la viene a invitare a nome del sindaco.

- La moglie? Così presto? - domanda donna Mimma, contrariata.

- No, al municipio, - risponde la guardia - per una comunicazione.

Donna Mimma s'acciglia:

- A me? per questa carta?

La guardia si stringe nelle spalle:

- Io non so; venite e saprete.

Donna Mimma va; e, al municipio, trova il sindaco, tutto imbarazzato. Anche lui è stato comperato a Palermo da donna Mimma; e anche due figliuoli donna Mimma è andata a comperare per lui a

Palermo e presto per un terzo dovrebbe mettersi in viaggio con la lettiga; ma...

- Ecco qua, donna Mimma! Vedete? Un'altra carta anche a noi, dalla Prefettura. Per voi, sì. E non c'è nulla da fare, purtroppo. Vi s'interdice l'esercizio della professione.

- A me?

- A voi: perché non avete il diploma, cara donna Mimma! La legge.

- Ma che legge? - esclama donna Mimma, che non ha più una goccia di sangue nelle vene. - Legge nuova?

- Non nuova, no! Ma noi qua, c'eravate voi sola, da tant'anni; vi conoscevamo; vi volevamo bene; avevamo tutta la fiducia in voi, e abbiamo perciò lasciato correre; ma siamo in contravvenzione anche noi, donna Mimma! Queste maledette formalità, capite? Finché c'eravate voi sola... Ma ora è venuta quella là; ha saputo che voi non avete il diploma; e visto che qua non è chiamata da nessuno, capite? ha fatto reclamo alla Prefettura, e voi non potete più esercitare, o dovete andare a Palermo, davvero questa volta! all'Università, per prendere il diploma anche voi, come quella.

- Io? a Palermo? alla mia età? a cinquantasei anni? dopo trentacinque anni di professione? mi fanno questo affronto? io, il diploma? Un'intera popolazione... Ma come? c'è bisogno di diploma? di saper leggere e scrivere, per queste cose? Io so leggere appena! E a Palermo, io che non mi sono mai mossa di qua? Io mi ci perdo! Alla mia età? Per quella smorfiosa lì, che la voglio vedere, con tutto il suo diploma... Vuole competere con me? E che hanno da insegnare a me, che li fascio e li sfascio tutti quanti, i meglio professori, dopo trentacinque anni di professione? Debbo andare a Palermo davvero? Come? per due anni?

Non la finisce più donna Mimma: un torrente di lagrime irose, disperate, tra un precipizio di domande saltanti, balzanti. Il sindaco, dolente, vorrebbe arrestar quell'impeto; un po' lo lascia sfogare; di nuovo si prova ad arrestarlo; - due anni passano presto; sì, è duro, certo; ma che insegnare! no! pro forma per avere quel pezzo di carta! per non darla vinta a questa ragazzaccia... - Poi, accompagnandola fino alla soglia dell'uscio, battendole una mano dietro le spalle, come un buon figliuolo, per esortarla a far buon animo, cerca di farla sorridere: via... via... come si smarrirebbe a Palermo, lei, che non passa giorno, ci va tre e quattro volte?

S'è tirato lo scialle nero sul fazzoletto celeste, donna Mimma e le sue manine stringono, di sotto, quello scialle nero sul volto per nascondere le lagrime. Bimbi, quel fazzoletto di seta celeste! - La santa poesia della vostra nascita, ecco, ha preso il lutto: se ne va a Palermo, senza lettiga bianca, a studiar meèutica, e la sepsi e l'antisepsi, l'estremo cefalico, l'estremo pelvi-podalico... Così vuole la legge. Donna Mimma piange; non se ne può consolare: sa leggere appena; si smarrirà tra l'irta scienza di quei dotti professori, là, a Palermo, dove ella tante volte è andata con la poesia della sua lettiga bianca.

- Signora mia, signora mia...

Un pianto, un pianto che spezza il cuore, presso ciascuna delle sue clienti, da cui va a licenziarsi, prima di partire. E in ogni casa, si china con le piccole mani tremanti (oh sì, ora le cava fuori senza più ritegno) a carezzar la testina bionda o bruna dei bimbi, e lascia tra quei riccioli, insieme coi baci, cader le lagrime, inconsolabilmente.

- Vado a Palermo... vado a Palermo.

E i bimbi, sbigottiti, la guardano, e non comprendono perché pianga tanto, questa volta, per andare a Palermo. Pensano che forse è una sciagura anche per loro, per tutti i bimbi che sono ancora là, da comperare.

Dicono le mamme:

- Ma noi v'aspetteremo!

Donna Mimma le guarda con gli occhi lagrimosi, tentenna il capo. Come può farsi quest'inganno pietoso, lei che sa bene com'è la vita?

- Signora mia, due anni?

E se ne parte col cuore spezzato, tirandosi lo scialle nero sul fazzoletto celeste.

II. DONNA MIMMA STUDIA.

Palermo. Vi arriva di sera Donna Mimma: piccola, nell'immensa piazza della stazione.

Oh Gesù, lune? che sono? Venti, trenta attorno. È una piazza? Che grandezza! Ma per dove?

- Di qua, di qua!

Fra tutti quei palazzi, incubi d'ombre gigantesche straforate da lumi, accecata da tanto rimescolio sotto, di sbarbagli, e sopra da tanti strisci luminosi, file, collane di lampade per vie lunghe diritte senza fine, tra il tramestio di gente che le balza di qua, di là, improvvisa, nemica, e il fracasso che da ogni parte la investe, assordante, di vetture che scappano precipitose, non avverte, in quello stupore rotto da continui sgomenti, se non la violenza da cui dentro è tenuta e a cui via via si strappa per cacciarsi a forza in quello scompiglio d'inferno, dopo l'intronamento e la vertigine del viaggio in ferrovia, il primo in vita sua.

Gesù, la ferrovia! Montagne, pianure che si movevano, giravano, e scappavano, via con gli alberi, via con le case sparse e i paesi lontani; e di tratto in tratto l'urto violento d'un palo telegrafico; fischi, scossoni: lo spavento dei ponti e delle gallerie, una dopo l'altra; abbagli e accecamenti, vento e soffocazione in quella tempesta di strepiti, nel bujo... Gesù! Gesù!

- Come dici?

Non sente nulla, non sa più buttare i piedi, si tiene stretta accosto al nipote che l'accompagna - giovanotto, stendardo della casa - ah! padrone del mondo, lui, che può ridere e andar sicuro, pratico, ché c'è stato, lui, due anni militare qua a Palermo.

- Come dici?

Sì, certo, la carrozza... Che carrozza? Ah già, sì, la carrozza! Come entrare in città, come camminare per via con quel grosso fagotto di panni sotto il braccio fino alla locanda?

Guarda il fagotto: c'è lei lì dentro; e tutta vorrebbe esserci, in quella roba sua lì affagottata sotto il braccio del nipote, lei fatta di pezza e solo odore di panni, per non vedere e non sentire più nulla.

- Dallo a me! Dallo a me!

Vorrebbe tenercisi stretta a quei panni, per sentircisi meglio dentro; ma l'anima è fuori, qua allo sbaraglio di tante impressioni che la assaltano da tutte le parti. Risponde di sì, di sì, ma non capisce bene i cenni che il nipote le fa.

O Gesù mio, ma perché domandare a lei? Come una creaturina nelle mani di lui, farà tutto quello che lui vorrà: sì, la carrozza; sì, la locanda, quella che lui vorrà! Per ora è come in un mare in tempesta, e prendere una carrozza è per lei come agguantare una barca; giungere alla locanda, come toccare la riva. Pensa con terrore, quando, di qui a tre giorni, il nipote ritornerà al paese, dopo averle trovato alloggio e pensione, come resterà lei qua in mezzo a questa babilonia, sola, perduta.

Passando in carrozza diretti alla locanda, il nipote le propone d'andare a veder la fiera in Piazza Marina.

- La fiera? Che fiera?

- La fiera dei Morti.

Si fa la croce donna Mimma. Domani, i Morti, già! Arriva la sera del primo novembre, a Palermo, vigilia dei Morti, lei che a Palermo c'è sempre venuta per comperare la vita! I Morti già... Ma i Morti sono la Befana per i bambini dell'isola: i giocattoli, a loro, non li porta la Vecchia Befana il sei di gennajo: li portano i Morti il due di novembre, che i grandi piangono e i piccoli fanno festa.

- Gente assai?

Tanta, tanta, senza fine, che le carrozze non possono passare: tutti i babbi, tutte le mamme, nonne, zie, vanno alla Fiera dei Morti in Piazza Marina a comperare i giocattoli per i loro piccini. Le bambole? sì, le sorelline piccole. I pupi di zucchero? sì, i piccoli fratellini; quelli, quelli che lei, donna Mimma, alla fiera della Vita, nell'illusione dei bimbi del suo paese lontano, tant'anni è venuta a comperare qua a Palermo e a recar loro laggiù, con la lettiga d'avorio: giocattoli, ma veri, con occhi veri, vivi, manine vere, gracili, fredde, paonazze, serrate; e la boccuccia sbavata che piange.

Sì; ma ora gli occhi di donna Mimma, davanti allo spettacolo tumultuoso di quella fiera sono anche più meravigliati di quelli d'una bimba; e non può pensare donna Mimma che il sogno de' suoi viaggi misteriosi, quale essa lo rappresentava ai bimbi del suo paese, ora qua, davanti alla fiera, diventa quasi una realtà. Non può pensarlo, non solo perché tra le grida squarciate dei venditori davanti alle baracche illuminate da lampioncini multicolori, tra i sibili dei fischietti, gli scampanellii, i mille rumori della fiera e il pigia pigia della folla che seguita di continuo ad affluire nella piazza, lo stordimento le cresce e insieme la paura della grande città; ma anche perché è lei qui ora la bimba a cui l'incanto è fatto. E poi quell'aria da cui si sentiva avvolta nel suo paesello, aria di favola che la seguiva per le vie e nelle case in cui entrava, che induceva tutti, grandi e piccoli, a rispettarla, perché dal mistero della nascita era lei quella che recava in ogni casa i bimbi nuovi, la vita nuova al vecchio decrepito paesello; qui ora quell'aria non l'ha più attorno. Spogliata crudelmente della sua parte, che cosa è adesso qui, in mezzo alla calca della fiera? una povera vecchietta meschina, stordita. L'han cacciata via dal sogno a infrangersi, a sparire qua in mezzo a questa realtà violenta; e non comprende più nulla, non sa più né muoversi, né parlare, né guardare.

- Andiamo via... andiamo via...

Dove? Fuori di qui, fuori di questa calca, facile andar via, con un po' di pazienza, piano piano; ma poi? Dentro, da ritrovarsi come prima in sé, sicura, tranquilla, questo sarà difficile: ora alla locanda, domani alla scuola.

Alla scuola, quarantadue diavole, tutte con l'aria sfrontata di giovanotti in gonnella, su per giù come quella ragazzaccia piombata dal Continente nel suo paesello, le si fanno addosso, il primo giorno ch'ella comparisce tra loro col fazzoletto di seta celeste in capo e il lungo scialle nero, frangiato e a pizzo, stretto modestamente attorno alla persona. Uh, ecco la nonna! ecco la vecchia mammana delle favole, piovuta dalla luna, che non osa mostrar le manine e tiene gli occhi bassi per pudore e parla ancora di comprare i bambini! La guardano, la toccano, come se non fosse vera, lì davanti a loro.

- Donna Mimma? Donna Mimma come? Jèvola? Donna Mimma Jèvola? Quant'anni? Cinquantasei? Eh, picciottella per cominciare! Già mammana da trentacinque anni? E come? Fuori della legge? Come gliel'hanno potuto permettere? Ah, sì, la pratica? Che pratica e pratica! Ci vuol altro! Adesso vedrà!

E come entra nell'aula il professor Torresi, incaricato dell'insegnamento delle nozioni generali d'Ostetricia teorica, gliela presentano tirandola avanti tra risa e schiamazzi:

- La nonna mammana, professore, la nonna mammana!

Il professor Torresi, calvo, un po' panciuto, ma un bell'omone dall'aria di corazziere or ora smontato da cavallo, coi baffetti grigi ricciuti e un grosso neo peloso su una guancia (che amore! se lo tira sempre, facendo lezione, quel neo, per non guastarsi i baffi volti studiosamente all'in su), il professor Torresi si è sempre vantato di saper tenere la disciplina e tratta effettivamente quelle quarantadue diavole come puledre da domar col frustino e a colpi di sprone; ma tuttavia, di quando in quando, non può fare a meno di sorridere a qualche loro scappata, o, piuttosto, di concedere qualche risatina in premio all'adorazione di cui si sente circondato. Vorrebbe fare il viso dell'armi a quella presentazione rumorosa; ma poi, vedendosi davanti quella vecchia recluta buffa, vuol pigliarsela anche lui a godere un po'.

Le domanda come farà, venuta così tardi, a raccapezzarsi nelle sue lezioni. Egli ha già - (su, attente, attente! al posto!) - egli ha già parlato a lungo - (silenzio, perdio! al posto!) - ha già parlato a lungo del fenomeno della gestazione, dall'inizio al parto; ha già parlato a lungo della legge della correlazione organica; ora parla dei diametri fetali, nella lezione scorsa ha trattato di quello fronte-occipitale e del biscromiale; tratterà oggi del diametro bisiliaco. Che ne capirà lei? Va bene, la pratica. Ma che cos'è la pratica? Ecco, attente! attente! (e il professor Torresi si tira il neo peloso su la guancia, che amore!): conoscenza implicita, la pratica. E può bastare? No, che non può bastare. La conoscenza, perché basti, bisogna che da implicita divenga esplicita, cioè, venga fuori, venga fuori, così che si possa a parte a parte veder chiara e in ogni parte distinguere, definire, quasi toccar con mano, ma con mano veggente, ecco! O altrimenti, ogni conoscenza non sarà mai sapere. Questione di nomi? di terminologia? No, il nome è la cosa. Il nome è il concetto in noi d'ogni cosa posta fuori di noi. Senza il nome non si ha il concetto, e la cosa resta in noi come cieca, non definita, non distinta.

Dopo questa spiegazione, che lascia allocchita tutta la scolaresca, il professor Torresi si rivolge a donna Mimma e comincia a interrogarla.

Donna Mimma lo guarda sbigottita. Crede che parli turco. Costretta a rispondere, provoca in quelle quarantadue diavole così fragorose risate, che il professor Torresi vede in pericolo il suo prestigio di domatore. Grida, pesta sulla cattedra per richiamarle al silenzio, alla disciplina.

Donna Mimma piange.

Quando nell'aula si rifà il silenzio, il professore, indignato, fa una strapazzata, come se non avesse riso anche lui; poi si volta a donna Mimma e le grida che è una vergogna presentarsi a scuola in tale stato d'ignoranza, è una vergogna, ora, far lì la ragazzina alla sua età, con quel pianto. Su, su, inutile piangere!

Donna Mimma ne conviene, dice di sì col capo, si asciuga gli occhi; se ne vorrebbe andare. Il professore la obbliga a rimanere.

- Sedete lì! E state a sentire!

Ma che sentire! Non capisce nulla. Credeva di saper tutto, dopo trentacinque anni di professione e invece s'accorge di non saper nulla, proprio nulla.

- A poco a poco, non disperate! - la conforta il professore alla fine della lezione.

- Non disperate, a poco a poco, - le ripetono le compagne ora impietosite dal pianto.

Ma a mano a mano che quella famosa conoscenza implicita di cui il professor Torresi ha parlato, le diviene esplicita, donna Mimma - veder più chiaro? altro che veder più chiaro! - non riesce a vedere più nulla.

Scomposta, sminuzzata, l'idea della cosa, come prima la aveva in sé, intera e compatta, ora le si confonde, smarrita in tanti animi particolari, ciascuno dei quali ha un nome curioso, difficile, che ella non sa nemmeno pronunziare. Come ritenerli a memoria tutti quei nomi? Ci si prova con tanta pazienza, la sera, nella sua misera cameretta d'affitto, sillabando sul manuale, curva davanti al tavolinetto su cui arde un lumino a petrolio.

- Bi-bis-cro-bis-crom-i-a-biscromia-bis-cromiale.

E riconosce, sì, a poco a poco, a scuola, riconosce con viva sorpresa a uno a uno, dopo molti stenti, tutti quei particolari, e scatta in comiche esclamazioni:

- Ma questo... Gesù, si chiama così?

La ragione di distinguerlo, però, di definirlo così, con quel nome, non la vede. Il professore gliela fa vedere; la costringe a vederla; ma allora quel particolare le si stacca ancora più dall'insieme: le s'impone come una cosa che stia a sé; e siccome son tanti e tanti quei particolari, donna Mimma ci si perde; non si raccapezza più.

È una pietà vederla alle lezioni d'Ostetricia pratica, nella casa di maternità, quando il professore la chiama a una lezione di prova. Tutte le compagne la aspettano lì a quella prova, perché lì ella è adesso nel campo della sua lunga esperienza. Ma sì! Il professore non vuole che ella faccia quello che sa fare, ma che dica quello che non sa dire; e se si tratta di fare e non di dire, non la lascia mica fare a suo modo, come per tant'anni ha fatto, che sempre le è andata bene; ma secondo i precetti e le regole della scienza, come punto per punto egli li ha insegnati; e allora donna Mimma, se si butta a fare, è sgridata perché non osserva appuntino quei precetti e quelle regole; e se invece si trattiene e si sforza di badare a ogni precetto e a ogni regola, ecco, è sgridata perché si smarrisce e si confonde e non riesce più a far nulla a dovere, con sveltezza e precisione sicura.

Ma non soltanto tutti quei particolari e tutti quei precetti e tutte quelle regole la impacciano così. Un'altra, e più grave, nell'animo di lei, è la cagione di tutto quell'impaccio. Ella soffre come d'una violenza orrenda che le sia fatta là dove più gelosamente è custodito per lei il senso della vita;

soffre, soffre da non poterne più, allo spettacolo crudo, aperto di quella funzione che ella per tanti anni ha ritenuto sacra - perché in ogni madre la vergogna e i dolori riscattano innanzi a Dio il peccato originale - soffre e vorrebbe anche lì coprirlo quanto più può, coi veli del pudore, quello spettacolo; e invece no, ecco, via tutti quei veli: il professore glieli butta all'aria e li strappa via brutalmente, quei veli che chiama d'ipocrisia e d'ignoranza; e la maltratta e la beffeggia con sconce parolacce, apposta; e quelle quarantadue diavole attorno, ecco, ridono sguajatamente alle beffe, alle parolacce del professore, senza nessun ritegno, senza nessun rispetto per la povera paziente, per quella povera madre meschina, esposta lì intanto, oggetto di studio e d'esperimento.

Avvilita, piena d'onta e d'angoscia, si riduce nella sua cameretta, alla fine delle lezioni, e piange e pensa se non le convenga di lasciare la scuola e di ritornarsene al suo paesello. Nel lungo esercizio della professione ha messo da parte un buon gruzzoletto, che le potrà bastare per la vecchiaja; se ne starà tranquilla, in riposo, a guardare soddisfatta attorno a sé tutti i bimbi del paese e i più grandicelli, ragazzette e ragazzetti, e i più grandicelli ancora, giovanette e giovanotti, e i loro papà e le loro mamme, tutti, tutti quelli che lei in tanti anni pur seppe portare alla luce, senza precetti e senza regole, da vecchia mammana delle favole, con la lettiga d'avorio. Ma allora, dovrà darla vinta a quella ragazzaccia che a quest'ora avrà preso certo il suo posto nel paesello, presso ogni famiglia, di prepotenza; restare a guardarla, lì, con le mani in mano? - Ah, no, no! - Qua: vincere l'avvilimento, soffocare l'onta e l'angoscia, per ritornare al paese col suo bravo diploma e gridarlo in faccia a quella sfrontata che le sa anche lei adesso le cose che dicono i professori che un conto sono i misteri di Dio, e un altro conto, l'opera della natura.

Se non che, le sue manine esperte...

Donna Mimma se le rimira pietosamente, attraverso le lagrime.

Saprebbero più muoversi ora, queste manine, come prima? Sono come legate da tutte quelle nuove nozioni scientifiche. Tremano, le sue manine, e non vedono più. Il professore ha dato a donna Mimma gli occhiali della scienza, ma le ha fatto perdere, irrimediabilmente, la vista naturale.

E che se ne farà domani donna Mimma degli occhiali, se non ci vede più?

III. DONNA MIMMA RITORNA.

- Flavietta? Ma sì, madamina, anche lei. Che s'immagini! A Palermo, come no? con la lettiga d'avorio e i denari di babbo. Quanti? Eh, più di mille lire!

- No, onze!

- Già, dicevo lire! onze, madamina: più di mille. Cara, che mi corregge! Tò, un bacio le voglio fare, cara! e un altro... cara!

Chi parla così? Ma guarda! la Piemontesa: quella che due anni fa pareva un maschiotto in gonnella: giacchetta verde, mani in tasca. Ha buttato via giacchetta e cappello, si pettina alla paesana e porta in capo, oh, il fazzoletto di seta celeste, annodato largo sotto il mento, e un bellissimo scialle lungo d'indiana, a pizzo e frangiato. La Piemontesa! E parla di comperare i bambini ora, anche lei, a Palermo, con la lettiga d'avorio e i denari di come? babbo? già, dice babbo lei, perché parla in lingua lei, che s'immagini! e non li dà mica i baci, li fa, e fa furore con codesta sua parlata italiana, vestita così da paesanella: una simpatia!

- Più stretto alla vita lo scialle!

- Sì, così, così!

- E il fazzoletto... no, più tirato avanti, il fazzoletto.

- E su da capo, così!

- Largo... un po' più largo, sotto; più aperto... così, brava!

Ora a terra, modesti, gli occhi per via; e poco male se una guardatina di tanto in tanto scappa di traverso maliziosa, o un sorrisetto scopre su le due guance codeste care fossette. Che zucchero!

Le signore mamme si sentono chiamar madame (- Riverisco, madama! - A servirla, madama! -) e sono tutte contente (poverine, con tanto di pancia!). Contente che ormai, a trattare con lei, è proprio come se sapessero parlare in lingua anche loro e le avessero familiari tutte le finezze e le «civiltà» del Continente. Ma sì, perché si sa, via, che in Continente usa così, usa cosà... E poi, che è niente la soddisfazione di vedersi spiegare tutto, punto per punto, come da un medico, coi termini precisi della scienza che non possono offendere, perché la natura, Dio mio, sarà brutta, ma è così; Dio l'ha fatta così; e meglio saperle come sono, le cose, per regolarsi, guardarsi a un bisogno, e poi anche, alle strette, ma almeno conoscere di che e perché si soffre. Volere di Dio, sì certo; lo dice la Santa Scrittura: «tu donna partorirai con gran dolore», ma si manca forse di rispetto a Dio studiando la sapienza delle sue disposizioni? L'ignoranza di donna Mimma, poveretta, si contentava del volere di Dio e basta. Questa qua, ora, rispetta Dio lo stesso e poi, per giunta, spiega tutto, come Dio l'ha voluta e disposta, la croce della maternità.

Dal canto loro i bambini, a sentirsi raccontare con ben altra voce e ben altre maniere la favola meravigliosa dei notturni viaggi a Palermo con la lettiga d'avorio e i cavalli bianchi sotto la luna, restano a bocca aperta, perché - raccontata così - è proprio come se fosse loro letta o che la leggessero loro da sé in un bel libro di fiabe, di cui la fata, eccola qua, balzata viva davanti a loro, da poterla toccare: questa fata bella che in lettiga sotto la luna ci va davvero, se davvero porta loro da Palermo le sorelline nuove, i nuovi fratellini. La mirano; quasi la adorano, dicono:

- No: brutta, donna Mimma! non la vogliamo più!

Ma il guajo è che non la vogliono più, ora, neppur loro, le donne del popolo, perché donna Mimma con esse, roba di massa, si sbrigava senza tante cerimonie, le trattava come se non avessero diritto di lagnarsi delle doglie, e anche spesso, se s'andava per le lunghe, era capace di lasciarle per correre premurosa a dar pazienza a qualche signora, anch'essa soprapparto; mentre questa qua - oh amore di figlia; tutta bella, bella di faccia e di cuore! - gentile, paziente anche con loro, senza differenza che se una signora manda subito subito a chiamarla, risponde con garbo ma senza esitare che così subito no, perché ha per le mani una poveretta e non la può lasciare; proprio così! tante volte! E dire poi, una ragazza che non li ha mai provati finora questi dolori che cosa sono, saperli così bene compatire e cercare d'alleviarli in tutte, signore e poverette, allo stesso modo! E via il cappello e via tutte le frasche e le arie di signora con cui era venuta, per acconciarsi come loro, da poveretta, con lo scialle e il fazzoletto in capo, che le sta un amore!

Invece, donna Mimma... che? col cappello? ma sì, correte, correte a vederla! è arrivata or ora da Palermo, col cappello, con un cappellone grosso così, Madonna santa, che pare una bertuccia, di quelle che ballano sugli organetti alla fiera! Tutta la gente è scasata a vederla; tutti i ragazzi di strada l'hanno accompagnata a casa battendo i cocci, come dietro alla nonna di carnevale.

- Ma come, il cappello, davvero?

Il cappello, sì. O che non ha preso il diploma all'Università come la Piemontesa, lei? Dopo due anni di studii... e che studii! I capelli bianchi ci ha fatto, ecco qua, in due anni, che prima di partire per Palermo li aveva ancora neri. Studii, che il signor dottore, adesso, se si vuol provare un poco a competere con lei, glielo farà vedere che non è più il caso di metterla nel sacco con quelle sue parole turchine, perché le sa dire anche lei adesso, e meglio di lui, le parole turchine.

Il cappello? Ma che stupidaggine di teste piccole di paese! Viene di diritto e di conseguenza il cappello dopo due anni di studi all'Università. Tutte lì, quelle che studiavano con lei, lo portavano; e anche lei, dunque, per forza.

La professione dell'ostrè... no, te... trètica, la professione dell'ostrètica, adesso, c'è poca differenza con quella del dottore. Gli stessi studii, quasi. E i dottori non vanno mica col berretto per via! Ma perché sarebbe allora andata a Palermo? perchè avrebbe studiato due anni all'Università? perché avrebbe preso il diploma, se non per mettersi in tutto a paro, di studi e di stato, con la Piemontesa diplomata dall'Università di Torino?

Trasecola donna Mimma, si fa di tutti i colori appena viene a sapere che la Piemontesa, lei, non porta più il cappello, ora, ma scialle e il fazzoletto. - Ah sì? se l'è levato? porta il «manto» e il fazzoletto celeste. E che fa? che dice? Ah, che i bambini li comperano a Palermo? Con la lettiga? Ah, traditora! Ah, infame! Ma dunque, per levare il pane a lei di bocca, a lei, il pane? Assassina! Per entrare in grazia della gente ignorante del paese? Infame! Infame! E la gente... come! si piglia da lei quet'impostura? da lei che prima andava dicendo ch'eran tutte sciocchezze e falsi pudori? Ma allora, se questa spudorata doveva ridursi a far la mammana in paese così, come per trentacinque anni naturalmente l'aveva fatto lei, perché costringerla a partire per Palermo, a studiare due anni all'Università, e prendere il diploma? Solo per aver tempo di rubarle il posto, ecco perché! levarle il pane di bocca, mettendosi a far come lei, vestendosi come lei, dicendo le stesse cose che prima diceva lei! infame! assassina! impostora e traditora! Ah che cosa... ah Dio, che cosa... che cosa...

Ha tutto il sangue alla testa, donna Mimma; piange di rabbia; si storce le mani, ancora col cappellone in capo; pesta un piede; il cappellone le va di traverso; ed ecco, per la prima volta, le scappa di bocca una parolaccia sconcia: no, non se lo leverà più lei, no, per sfida, ora, questo cappello: qua, qua in capo! Se quella se l'è levato, lei se l'è messo e lo terrà! Il diploma ce l'ha; a Palermo c'è stata; s'è ammazzata due anni a studiare: Ora si metterà a far lei qua in paese, non più la comaretta, la mammanuccia, ma l'Ostrètica diplomata dalla Regia Università di Palermo.

Povera donna Mimma, dice ostrètica, così su le furie facendo le volte per la stanzuccia della sua casa, dove tutti gli oggetti par che la guardino sbigottiti perché s'aspettavano d'esser salutati con gioja e carezzati da lei dopo due anni d'assenza. Donna Mimma non ha occhi per loro; dice che vorrà vederla in faccia, quella lì (e giù un'altra parolaccia sconcia), se avrà il coraggio di parlare davanti a lei di lettighe d'avorio e di comperare i bambini; e or ora, senza neppur riposarsi un minuto, si vuol mettere in giro, da tutte le signore del paese, - così, così col cappello in capo, sissignori! - per vedere se anche loro avranno il coraggio, ora ch'ella è ritornata col diploma, di cangiarle la faccia per quella fruscola lì!

Esce di casa; ma appena per via, subito di nuovo la maraviglia, le risa della gente, i lazzi dei monellacci impertinenti e ingrati, che si sono scordati di chi li ha accolti prima nel mondo, ajutando la mamma a metterli alla luce.

- Musi di cane! Cazzarellini! Ah, figli di...

Le tirano bucce, sassolini sul cappellone, la accompagnano con rumori sguajati, saltarellandole intorno.

- Donna Mimma? Oh guarda! - dicono le signore, restando allo spettacolo che si para loro davanti, buffo e compassionevole, perché donna Mimma con quel suo cappellone di traverso e gli occhi ovati rossi di pianto e di rabbia, vuole - così conciata - apparir loro come l'ombra del rimorso, e in quegli occhi rossi di pianto e di rabbia ha un rimprovero per loro pieno di profondo accoramento, quasi che a Palermo a studiare la avessero mandata loro, per forza, e loro la avessero fatta ritornare da Palermo con quel cappellone che, essendo il frutto naturale, quantunque spropositato, di due anni di studio all'Università, rappresenta il tradimento che loro signore le hanno fatto.

Tradimento sì, tradimento, signore mie, tradimento perché, se volevate la mammana come donna Mimma era prima, una mammana col fazzoletto in capo e lo scialle, che raccontasse ai vostri bimbi la favola della lettiga e dei fratellini comperati a Palermo coi denari di papà, non dovevate permettere che il fazzoletto di seta celeste e lo scialle di donna Mimma e le vecchie favole di lei fossero usurpati da questa sfrontata continentale che prima, venendo dall'Università col cappello anche lei, li aveva derisi in donna Mimma; dovevate dirle: «No, cara: tu hai obbligato donna Mimma a studiare due anni a Palermo, a mettersi là il cappello anche lei per non esser derisa dalle fraschette sfrontate come te, e tu ora qua te lo levi? e ti metti il fazzoletto e lo scialle e ti metti a raccontare la favola della lettiga, per prendere il posto di quella che hai mandato via a studiare? Ma questa è per te un'impostura! per quella, invece, vestire così, parlare così, era naturale! No, cara, tu ora fai a donna Mimma un tradimento, e come l'hai derisa tu, prima, col fazzoletto e lo scialle e la vecchia favola della lettiga, la farai deridere dagli altri, ora, col cappellone e la scienza ostetrica appresa all'Università». Così, signore miei dovevate dire a codesta Piemontesa. O se davvero vi piace di più, ora, la mammana «civile» che vi sappia spiegar tutto bene, punto per punto, come si fanno e come si possono anche non fare i figliuoli, obbligate allora la Piemontesa a rimettersi il cappello, per non far deridere donna Mimma che come un medico ha studiato e col cappello è ritornata!

Ma voi vi stringete nelle spalle, signore mie, e fate intendere a donna Mimma che ormai non sapete come comportarvi con l'altra che già vi ha assistito una volta e bene, proprio bene, sì... e che per la prossima assistenza vi trovate già impegnate... e, quanto all'avvenire, per non compromettervi, dite di sperare in Dio che basta, ora, questa croce per voi, d'aver altri figliuoli.

Donna Mimma piange; vorrebbe consolarsi un poco almeno coi bambini, e per farli accostare si toglie dal capo lo spauracchio di quel cappellaccio nero; ma inutilmente. Non la riconoscono più, i bambini.

- Ma come? - dice donna Mimma piangendo. - Tu Flavietta, che mi guardavi prima con codesti occhi d'amore; tu, Ninì mio, ma come? non vi ricordate più di me? di donna Mimma? Sono andata io, io a comperarvi a Palermo coi denari di papà; io, con la lettiga d'avorio, figlietti miei, venite qua!

I bimbi non vogliono accostarsi; restano scontrosi, ostili a guardarla da lontano, a guardarle quel cappellaccio nero su le ginocchia; e donna Mimma, allora, dopo essersi provata a lungo ad asciugarsi il pianto dagli occhi e dalle guance, alla fine, vedendo che non ci riesce e che anzi fa peggio, se lo rimette in capo quel cappellaccio e se ne va.

Ma non è solo per questo cappellaccio nero, come donna Mimma pensa, che tutto il paesello le si è voltato contro. Se non fosse per la stizza e il dispetto, potrebbe buttarlo via donna Mimma, il cappellaccio; ma la scienza? Ahimè, la scienza che le strappò dal capo il bel fazzoletto di seta celeste e le impose invece codesto cappellaccio nero; la scienza appresa tardi e male; la scienza che le ha tolto la vista e le ha dato gli occhiali; la scienza che le ha imbrogliato tutta l'esperienza di trentacinque anni; la scienza che le è costata due anni di martirio alla sua età; la scienza, no, non potrà più buttarla via, donna Mimma; e questo è il vero male, il male irreparabile! Perché si dà il caso, ora, che una vicina, sposa da appena un anno e già sul punto d'esser mamma, non trova questa sera nelle quattro stanzette della sua casa un punto, un punto solo, dove quietar la smania da cui si sente soffocare; va sul terrazzino, guarda... no, si sente lei guardata stranamente da tutte le stelle che sfavillano in cielo; e se lo sente acuto nelle carni come un formicolio di brividi, tutto questo pungere di stelle; e comincia a gemere e a gridare che non ne può più! Si può aspettare; le dicono che si può aspettare fino a domani; ma lei dice di no, dice che, se dura così, prima che venga domani, lei sarà morta, e allora, poiché l'altra, la Piemontesa, è occupata altrove e ha mandato a dire che proprio gliene duole ma questa notte non può venire; giacché ora sono in due nel paesello a far questo mestiere, via, si può provare a chiamare donna Mimma.

Eh? che? donna Mimma? e che è donna Mimma? uno straccio per turare i buchi? Lei non vuol fare da «sostituta» a quell'altra là! Ma alla fine s'arrende alle preghiere, si pianta prima pian piano il cappello in capo, e va. Ahimè, è possibile che non colga ora questa occasione donna Mimma per dimostrare che ha studiato due anni all'Università come quell'altra, e che sa fare ora come quell'altra, meglio di quell'altra, con tutte quante le regole della scienza e i precetti dell'igiene? Disgraziata! Le vuol mostrare tutte a una a una queste regole della scienza; tutti a uno a uno li vuole applicare questi precetti dell'igiene; tanto mostrare, tanto applicare, che a un certo punto bisogna mandare a precipizio per l'altra, per la Piemontesa, e anche per il medico ora, se si vuol salvare questa povera mamma e la creaturina, che rischiano di morire impedite, soffocate, strozzate da tutte quelle regole e da tutti quei precetti.

E ora per donna Mimma è finita davvero. Dopo questa prova, nessuno - ed è giusto - vorrà più saperne di lei. Invelenita contro tutto il paese, col cappellaccio in capo, ogni giorno ella scende in piazza, ora, a fare una scenata davanti la farmacia, dando dell'asino al dottore e della sgualdrinella a quella ladra Piemontesa che è venuta a rubarle il pane. C'è chi dice che s'è data al vino, perché dopo queste scenate, ritornando a casa, donna Mimma piange, piange inconsolabilmente; e questo, come si sa, è un certo effetto che il vino suol fare.

La Piemontesina, intanto, col fazzoletto di seta celeste in capo e il lungo scialle d'indiana stretto intorno alla svelta personcina, corre da una casa all'altra, con gli occhi a terra, modesti, e lancia di tanto in tanto di traverso una guardatina maliziosa e un sorrisetto che le scopre su le due guance le fossette. Dice con rammarico ch'è un vero peccato che donna Mimma si sia ridotta così, perché dal ritorno di lei in paese ella sperava un sollievo; ma sì, un sollievo, visto che questi benedetti papà siciliani troppi, troppi denari hanno, da spendere in figliuoli, e notte e giorno senza requie la fanno viaggiare in lettiga.

L'ABITO NUOVO

L'abito che quel povero Crispucci indossava da tempo immemorabile, nessuno riusciva più a considerarlo come una cosa soprammessa al suo corpo, una cosa che si potesse cambiare. Agli occhi di tutti egli era ormai in quel suo abito, come un vecchio cane randagio nel suo pelame stinto e strappato.

Per questa ragione, l'avvocato Boccanera, suo principale, non aveva mai pensato di potergli regalare uno dei tanti suoi abiti smessi ancora in buono stato. Così com'era, gli serviva a meraviglia; scrivano e galoppino a centoventi lire al mese.

Quel giorno, il signor avvocato Boccanera stava a tenergli un interminabile e amorevole discorso.

Di solito, bastava che gli dicesse, con un certo ammiccamento degli occhi: - Crispucci, eh? - e Crispucci intendeva tutto. In quel momento, però, davanti la scrivania, tutto ripiegato e scivolante come un'S, le due lunghe braccia da scimmia ciondoloni, pareva che non capisse più nulla.

Apriva di tratto in tratto la bocca, ma non per parlare. Era una contrazione delle guance, o piuttosto, come un'increspatura di tutta la faccia gialliccia, che, scoprendogli i denti, poteva parere una smorfia, così di scherno come di spasimo; ma forse era soltanto un segno d'attenzione.

- Dunque, caro Crispucci, tutto considerato, vi consiglio di partire. Sarà per me un guajo serio; ma partite. Avrò pazienza per una quindicina di giorni. Eh, almeno quindici giorni vi ci vorranno per tutte le pratiche da sbrigare e le formalità. E anche perché, mi figuro, venderete tutto.

Crispucci aprì le braccia, con gli occhi biavi fissi nel vuoto.

- Eh sì, vendere, vi conviene vendere. Gioje, abiti, mobili. Il grosso è nelle gioje. Così a occhio, dalla descrizione dell'inventario, ci sarà da cavarne da centocinquanta a duecento mila lire; forse più. C'è anche un vezzo di perle. Quanto agli abiti (voi capite) non li potrà certo indossare la vostra figliuola. Chi sa che abiti saranno! Ma ne caverete poco, non vi fate illusioni. Gli abiti si svendono, anche se ricchissimi. Forse dalle pellicce (pare ce ne sia una collezione) sapendo fare, qualche cosa caverete. Oh, badate: per le gioje, sarebbe bene che appuraste da quali negozianti furono acquistate. Forse lo vedrete dagli astucci. Vi avverto che i brillanti sono molto cresciuti di prezzo. E qui nell'elenco ce ne son segnati parecchi. Ecco: una spilla... un'altra spilla... anello... anello... un bracciale... un altro anello... ancora un anello... una spilla... bracciale... bracciale... Parecchi come vedete.

A questo punto Crispucci alzò una mano. Segno che voleva parlare. Le rarissime volte che gli avveniva, ne dava l'avviso così. E questo segno della mano era accompagnato da un'altra increspatura della faccia ch'esprimeva lo stento e la pena di tirar su la voce da quell'abisso di silenzio in cui la sua anima era da tanto tempo sprofondata.

- Po... potrei, - disse, - farmi ardito... uno di... uno di questi anelli... alla sua signora?

- Ma no, che dite, caro Crispucci? - scattò il signor avvocato. - La mia signora, vi pare? uno di quegli anelli!

Crispucci abbassò la mano; accennò di sì più volte col capo.

- Mi scusi.

- Ma no, anzi vi ringrazio. Piangete? No, via, via, caro Crispucci! Non ho voluto offendervi! Su, su. Lo so, lo comprendo è per voi una cosa molto triste; ma pensate che non accettate per voi codesta eredità: voi non siete solo, avete una figliuola, a cui non sarà facile trovar marito, senza una buona dote, che ora... Eh, lo so! è a un prezzo ben duro! Ma i denari son denari, caro Crispucci, e fanno chiudere gli occhi su tante cose. Avete anche la madre. Non avete molta salute, e...

Crispucci, che aveva approvato col capo le precedenti considerazioni del signor avvocato, a questa su la sua salute, sgranò gli occhi con un piglio scontroso. S'inchinò; si mosse per uscire.

- E non prendete le carte? - gli disse l'avvocato, porgendogliele di su la scrivania.

Crispucci tornò indietro, asciugandosi gli occhi con un sudicio fazzoletto, e prese quelle carte.

- Dunque partite domani?

- Signor avvocato, - rispose Crispucci, guardandolo, come deciso a dire una cosa che gli faceva tremare il mento; ma s'arrestò, lottò un pezzo per ricacciare indietro, nell'abisso di silenzio, quel che stava per dire; alzò un poco le spalle, aprì un poco le braccia e andò via.

Stava per dire: «Parto, se vossignoria accetta per la sua signora un anellino di questa mia eredità!».

Di là, agli altri scritturali dello studio che da tre giorni si spassavano a torturarlo, punzecchiandolo con fredda ferocia, aveva promesso, digrignando i denti, a chi una veste di seta per la moglie, a chi un cappello con le piume per la figliuola, a chi un manicotto per la fidanzata.

- Magari!

- E qualche camicia fina, velata e ricamata, aperta davanti, per tua sorella?

- Magari!

Voleva che di quella eredità tutti, con lui, fossero insozzati.

Leggendo nell'inventario la descrizione del ricchissimo guardaroba della defunta, e di quel che contenevano di biancheria gli armadii e i cassettoni, s'era figurato di poterne vestire tutte le donne della città.

Se un resto di ragione non lo avesse trattenuto, si sarebbe fermato per via a prendere per il petto i passanti e a dir loro:

«Mia moglie era così e così; è crepata or ora a Napoli; m'ha lasciato questo e quest'altro; volete per vostra moglie, per vostra sorella, per le vostre figliuole, una mezza dozzina di calze di seta, su fino alla coscia, finissime, traforate?».

Un giovanotto spelato, dalla faccia itterica, che aveva la malinconia di voler parere elegante, si sentiva finir lo stomaco da tre giorni, in quella stanza degli scritturali, a tali profferte. Era da una settimana soltanto nello studio, e più che da scrivano faceva da galoppino; ma voleva conservare la sua dignità; non parlava quasi mai, anche perché nessuno gli rivolgeva la parola; si contentava d'accennare un sorrisetto vano a fior di labbra, non privo d'un certo sprezzo lieve lieve, ascoltando i discorsi degli altri, e tirava fuori dalle maniche troppo corte o ricacciava indietro con mossettine sapienti i polsini ingialliti.

Quel giorno, appena Crispucci uscì dalla stanza del signor avvocato, prese dall'attaccapanni il cappello e il bastone per andargli dietro, mentre gli altri scrivani, ridendo, gridavano dall'alto della scala:

- Crispucci, ricordati! La camicia per mia sorella!

- La veste di seta per mia moglie!

- Il manicotto per la mia fidanzata!

- La piuma di struzzo per la mia figliuola!

Per istrada lo investì, con la faccia più scolorita che mai dalla bile:

- Ma perché fate tante sciocchezze? Perché seminate la roba così? Porterà scritta forse in qualche parte la provenienza? Vi tocca una fortuna come questa, e non sapete profittarne. Siete impazzito?

Crispucci si fermò un momento a guatarlo di traverso.

- Fortuna, sì! - ribatté quello. - Fortuna prima e fortuna adesso! Prima, per esservene liberato tant'anni fa, quando vi scappò di casa.

- Te ne sei informato?

- Me ne sono informato. Ebbene? Che noje, che impicci che fastidi ne aveste più? Ora è morta; e non vi sembra un'altra fortuna? Perdio! Non solo perché è morta, ma anche perché di stato vi farà cangiare!

Crispucci si fermò a guatarlo di nuovo.

- T'hanno detto forse che ho una figliuola da maritare?

- Vi parlo così per questo!

- Ah! Franco.

- Franchissimo.

- E vuoi che pigli l'eredità?

- Sareste un pazzo a non farlo! Duecentomila lire!

- E con duecentomila lire, vorresti che dessi la figliuola a te?

- Perché no?

- Perché, se mai, con duecentomila lire, potrei comprare una vergogna meno sporca della tua.

- Oh, voi m'offendete!

- No. Ti stimo. Tu stimi me, io stimo te. Per una vergogna come la tua non darei più di tremila lire.

- Tre?

- Cinque, va là! e un po' di biancheria. Hai una sorella anche tu? Tre camìce di seta anche a lei, aperte davanti! Se le vuoi, te le do.

E lo piantò lì, in mezzo alla strada.

A casa non disse una parola né alla madre né alla figliuola. Del resto, non aveva mai ammesso, da sedici anni, dal giorno della sciagura in poi, nessun discorso che non si riferisse ai bisogni momentanei della vita. Se l'una o l'altra accennava minimamente a qualche considerazione estranea a questi bisogni, si voltava a guardarle con tali occhi, che subito la voce moriva loro sulle labbra.

Il giorno appresso partì per Napoli, lasciandole non solo nell'incertezza più angosciosa sul conto di quella eredità, ma anche in una grande costernazione, se - Dio liberi - commettesse qualche grossa pazzia.

Le donne del vicinato fomentavano questa costernazione, riferendo e commentando tutte le stranezze commesse da Crispucci in quei tre giorni. Qualcuna, con rosea e fresca ingenuità, alludendo alla defunta, domandava:

- Ma com'è ch'era tanto ricca?

E un'altra:

- Ho sentito dire che si chiamava Margherita. La biancheria intanto, dicono che è cifrata R e B.

- E B? No, R e C, - correggeva un'altra - Rosa Clairon, ho sentito dire.

- Ah, guarda, Clairon... Cantava?

- Pare di no.

- Ma sì che cantava! Ultimamente no, più. Ma prima cantava.

- Rosa Clairon, sì... mi pare.

La figliuola, a questi discorsi, guardava la vecchia nonna con un lustro di febbre negli occhi affossati, e una fiamma fosca sulle guance magre. La vecchia nonna, con la grossa faccia gialla, sebacea, quasi spaccata da profonde rughe rigide e precise, s'aggiustava sul naso gli occhialoni che, dopo l'operazione della cateratta, le rendevano mostruosamente grandi e vani gli occhi tra le rade ciglia lunghe come antenne d'insetto, e rispondeva con sordi grugniti a tutte quelle ingenuità delle vicine.

Molte delle quali sostenevano con calore, che via, in fin dei conti, non solo non era da stimar pazzo, ma forse neppure da biasimare quel povero signor Crispucci, se voleva che nessuno di quegli abiti, nessun capo di quella biancheria toccasse le carni immacolate della sua figliuola. Meglio darli via, se non voleva svenderli. Naturalmente, come vicine di casa, credevano di poter pretendere che, a preferenza, fossero distribuiti tra loro. Almeno qualche regaluccio, via! Chi sa che fiume di sete gaje e lucenti, che spume di merletti, tra rive di morbidi velluti e ciuffi di bianche piume di cappelli, sarebbero entrati fra qualche giorno nello squallore di quella stamberga.

Solo a pensarci, ne avevano tutte gli occhi piccoli piccoli. E Fina, la figliuola, ascoltandole e vedendole così inebriate, si storceva le mani sotto il grembiule, e alla fine scattava in piedi e andava via.

- Povera figliuola, - sospirava allora qualcuna. - È la pena.

E un'altra domandava alla nonna:

- Credete che il padre la farà vestir di nero?

La vecchia rispondeva con un altro grugnito, per significare che non ne sapeva nulla.

- Ma certo! Le tocca!

- È infine la madre.

- Se accetta l'eredità!

- Ma vedrete che prenderà il lutto anche lui.

- No no, lui no.

- Se accetta l'eredità!

La vecchia si agitava sulla seggiola, come Fina si agitava sul letto, di là. Perché questo era il dubbio smanioso: che egli accettasse l'eredità.

Tutte e due, di nascosto, al primo annunzio della morte, s'erano recate dal signor avvocato Boccanera, spaventate dalle furie con cui Crispucci aveva accolto la notizia di quell'eredità, e lo avevano scongiurato a mani giunte di persuaderlo a non commettere le pazzie minacciate. Come sarebbe rimasta, alla morte di lui, quella povera figliuola, che non aveva avuto mai, mai un momento di bene da che era nata? Egli metteva in bilancia un'eredità di disonore e una eredità d'orgoglio: l'orgoglio d'una miseria onesta. Ma perché pesare con questa bilancia la fortuna che toccava alla povera figliuola? Era stata messa al mondo senza volerlo, quella poverina, e finora con tante amarezze aveva scontato il disonore della madre; doveva ora per giunta essere sacrificata anche all'orgoglio del padre?

Durò un'eternità - diciotto giorni - l'angoscia di questo dubbio. Neppure un rigo di lettera in quei diciotto giorni. Finalmente, una sera, per la lunga scala erta e angusta le due donne intesero un tramestio affannoso. Erano i facchini della stazione che portavano su, tra ceste e bauli, undici pesanti colli.

A piè della scala, Crispucci aspettò che i facchini andassero a deporre il carico nel suo appartamento al quarto piano; li pagò; quando la scala ritornò quieta, prese a salire adagio adagio.

La madre e la figliuola lo attendevano trepidanti sul pianerottolo, col lume in mano. Alla fine lo videro apparire, a capo chino, con un cappello nuovo, verdastro, insaccato in un abito nuovo, peloso, color tabacco, comprato certo bell'e fatto a Napoli in qualche magazzino popolare. I calzoni lunghi gli strascicavano oltre i tacchi delle scarpe pur nuove; la giacca gli sgonfiava da collo.

Né l'una né l'altra delle due donne ardì di muovere una domanda. Quell'abito parlava da sé. Soltanto la figliuola, nel vederlo diretto alla sua stanza, prima che ne richiudesse l'uscio, gli chiese:

- Hai cenato, papà?

Crispucci, dalla soglia, voltò la faccia, e con una smorfia nuova di riso e una nuova voce rispose:

- Wagon-restaurant.

IL CAPRETTO NERO

Senza dubbio il signor Charles Trockley ha ragione. Sono anzi disposto ad ammettere che il signor Charles Trockley non può aver torto mai, perché la ragione e lui sono una cosa sola. Ogni mossa, ogni sguardo, ogni parola del signor Charles Trockley sono così rigidi e precisi, così ponderati e sicuri, che chiunque, senz'altro, deve riconoscere che non è possibile che il signor Charles Trockley, in qual si voglia caso, per ogni questione che gli sia posta, o incidente che gli occorra, stia dalla parte del torto.

Io e lui, per portare un esempio, siamo nati lo stesso anno, lo stesso mese e quasi lo stesso giorno; lui, in Inghilterra, io in Sicilia. Oggi, quindici di giugno, egli compie quarantotto anni; quarantotto ne compirò io il giorno ventotto. Bene: quant'anni avremo, lui il quindici, e io il ventotto di giugno dell'anno venturo? Il signor Trockley non si perde; non esita un minuto; con sicura fermezza sostiene che il quindici e il ventotto di giugno dell'anno venturo lui e io avremo un anno di più, vale a dire quarantanove.

È possibile dar torto al signor Charles Trockley?

Il tempo non passa ugualmente per tutti. Io potrei avere da un sol giorno, da un'ora sola più danno, che non lui da dieci anni passati nella rigorosa disciplina del suo benessere; potrei vivere, per il deplorevole disordine del mio spirito, durante quest'anno, più d'una intera vita. Il mio corpo, più debole e assai meno curato del suo, si è poi, in questi quarantotto anni, logorato quanto certamente non si logorerà in settanta quello del signor Trockley. Tanto vero ch'egli, pur coi capelli tutti bianchi d'argento, non ha ancora nel volto di gambero cotto la minima ruga, e può ancora tirare di scherma ogni mattina con giovanile agilità.

Ebbene, che importa? Tutte queste considerazioni, ideali e di fatto, sono per il signor Charles Trockley oziose e lontanissime dalla ragione. La ragione dice al signor Charles Trockley che io e lui, a conti fatti, il quindici e il ventotto di giugno dell'anno venturo avremo un anno di più, vale a dire quarantanove.

Premesso questo, udite che cosa è accaduto di recente al signor Charles Trockley e provatevi, se vi riesce, a dargli torto.

Lo scorso aprile, seguendo il solito itinerario tracciato dal Baedeker per un viaggio in Italia, Miss Ethel Holloway, giovanissima e vivacissima figlia di Sir W. H. Holloway, ricchissimo e autorevolissimo Pari d'Inghilterra, capitò in Sicilia, a Girgenti, per visitarvi i maravigliosi avanzi dell'antica città dorica. Allettata dall'incantevole piaggia tutta in quel mese fiorita del bianco fiore dei mandorli al caldo soffio del mare africano pensò di fermarsi più d'un giorno nel grande Hôtel des Temples che sorge fuori dell'erta e misera cittaduzza d'oggi, nell'aperta, campagna, in luogo amenissimo.

Da ventidue anni il signor Charles Trockley è vice-console d'Inghilterra a Girgenti, e da ventidue anni, ogni giorno, sul tramonto, si reca a piedi, col suo passo elastico e misurato, dalla città alta sul colle alle rovine dei Tempii akragantini, aerei e maestosi su l'aspro ciglione che arresta il declivio della collina accanto, la collina akrea, su cui sorse un tempo, fastosa di marmi, l'antica città da Pindaro esaltata come bellissima tra le città mortali.

Dicevano gli antichi che gli Akragantini mangiavano ogni giorno come se dovessero morire il giorno dopo, e costruivano le loro case come se non dovessero morir mai. Poco ora mangiano, perché grande è la miseria nella città e nelle campagne, e delle case della città antica, dopo tante guerre e sette incendii e altrettanti saccheggi, non resta più traccia. Sorge al posto di esse un bosco di mandorli e d'olivi saraceni, detto perciò il Bosco della Cìvita. E i chiomati olivi cinerulei s'avanzano in teoria fin sotto alle colonne dei Tempii maestosi e par che preghino pace per quei clivi abbandonati. Sotto il ciglione scorre, quando può, il fiume Akragas che Pindaro glorificò come ricco di greggi. Qualche greggiola di capre, attraversa tuttavia il letto sassoso del fiume: s'inerpica sul ciglione roccioso e viene a stendersi e a rugumare il magro pascolo all'ombra solenne dell'antico tempio della Concordia, integro ancora. Il caprajo, bestiale e sonnolento come un arabo, si sdraja anche lui sui gradini del pronao dirupati e trae qualche suono lamentoso dal suo zufolo di canna.

Al signor Charles Trockley questa intrusione delle capre nel tempio è sembrata sempre un'orribile profanazione; e innumerevoli volte ne ha fatto formale denunzia ai custodi dei monumenti, senza ottener mai altra risposta che un sorriso di filosofica indulgenza e un'alzata di spalle. Con veri fremiti d'indignazione il signor Charles Trockley di questi sorrisi e di queste alzate di spalle s'è lagnato con me che qualche volta lo accompagno in quella sua quotidiana passeggiata. Avviene spesso che, o nel tempio della Concordia, o in quello più su di Hera Lacinia, o nell'altro detto volgarmente dei Giganti, il signor Trockley s'imbatta in comitive di suoi compatriotti, venute a visitare le rovine. E a tutti egli fa notare, con quell'indignazione che il tempo e l'abitudine non hanno ancora per nulla placato o affievolito, la profanazione di quelle capre sdrajate e rugumanti all'ombra delle colonne. Ma non tutti gl'inglesi visitatori, per dir la verità, condividono l'indignazione del signor Trockley. A molti anzi sembra non privo d'una certa poesia il riposo di quelle capre nei Tempii, rimasti come sono ormai solitari in mezzo al grande e smemorato abbandono della campagna. Più d'uno, con molto scandalo del signor Trockley, di quella vista si mostra anzi lietissimo e ammirato.

Più di tutti lieta e ammirata se ne mostrò, lo scorso aprile, la giovanissima e vivacissima Miss Ethel Holloway. Anzi, mentre l'indignato vice-console stava a darle alcune preziose notizie archeologiche, di cui né il Baedeker né altra guida hanno ancor fatto tesoro, Miss Ethel Holloway commise l'indelicatezza di voltargli le spalle improvvisamente per correr dietro a un grazioso capretto nero, nato da pochi giorni, che tra le capre sdraiate springava qua e là come se per aria attorno gli danzassero tanti moscerini di luce, e poi di quei suoi salti arditi e scomposti pareva restasse lui stesso sbigottito, ché ancora ogni lieve rumore, ogni alito d'aria, ogni piccola ombra, nello spettacolo per lui tuttora incerto della vita, lo facevano rabbrividire e fremer tutto di timidità.

Quel giorno, io ero col signor Trockley, e se molto mi compiacqui della gioja di quella piccola Miss, così di subito innamorata del capretto nero, da volerlo a ogni costo comperare; molto anche mi dolsi di quanto toccò a soffrire al povero signor Charles Trockley.

- Comperare il capretto?

- Sì, sì! comperare subito! subito!

E fremeva tutta anche lei, la piccola Miss, come quella cara bestiolina nera; forse non supponendo neppur lontanamente che non avrebbe potuto fare un dispetto maggiore al signor Trockley, che quelle bestie odia da tanto tempo ferocemente.

Invano il signor Trockley si provò a sconsigliarla, a farle considerare tutti gl'impicci che le sarebbero venuti da quella compera: dovette cedere alla fine e, per rispetto al padre di lei, accostarsi al selvaggio caprajo per trattar l'acquisto del capretto nero.

Miss Ethel Holloway, sborsato il denaro della compera, disse al signor Trockley che avrebbe affidato il suo capretto al direttore dell'Hôtel des Temples, e che poi, appena ritornata a Londra, avrebbe telegrafato perché la cara bestiolina, pagate tutte le spese, le fosse al più presto recapitata; e se ne tornò in carrozza all'albergo, col capretto belante e guizzante tra le braccia.

Vidi, incontro al sole che tramontava fra un mirabile frastaglio di nuvole fantastiche, tutte accese sul mare che ne splendeva sotto come uno smisurato specchio d'oro, vidi nella carrozza nera quella bionda giovinetta gracile e fervida allontanarsi infusa nel nembo di luce sfolgorante; e quasi mi parve un sogno. Poi compresi che, avendo potuto, pur tanto lontana dalla sua patria, dagli aspetti e dagli affetti consueti della sua vita, concepir subito un desiderio così vivo, un così vivo affetto per un piccolo capretto nero, ella non doveva avere neppure un briciolo di quella solida ragione, che con tanta gravità governa gli atti, i pensieri, i passi e le parole del signor Charles Trockley.

E che cosa aveva allora al posto della ragione la piccola Miss Ethel Holloway?

Nient'altro che la stupidaggine, sostiene il signor Charles Trockley con un furore a stento contenuto, che quasi quasi fa pena, in un uomo come lui, sempre così compassato.

La ragione del furore è nei fatti che son seguiti alla compera di quel capretto nero.

Miss Ethel Holloway partì il giorno dopo da Girgenti. Dalla Sicilia doveva passare in Grecia, dalla Grecia, in Egitto; dall'Egitto nelle Indie.

È miracolo che, arrivata sana e salva a Londra su la fine di novembre, dopo circa otto mesi e dopo tante avventure che certamente le saranno occorse in un così lungo viaggio, si sia ancora ricordata del capretto nero comperato un giorno lontano tra le rovine dei Tempii akragantini in Sicilia.

Appena arrivata, secondo il convenuto, scrisse per riaverlo al signor Charles Trockley.

L'Hôtel des Temples si chiude ogni anno alla metà di giugno per riaprirsi ai primi di novembre. Il direttore, a cui Miss Ethel Holloway aveva affidato il capretto, alla metà di giugno, partendo, lo aveva a sua volta affidato al custode dell'albergo, ma senz'alcuna raccomandazione, mostrandosi anzi seccato più d'un po' del fastidio che gli aveva dato e seguitava a dargli quella bestiola. Il custode aspettò di giorno in giorno che il vice-console signor Trockley, per come il direttore gli aveva detto, venisse a prendersi il capretto per spedirlo in Inghilterra, poi, non vedendo comparir nessuno, pensò bene, per liberarsene, di darlo in consegna a quello stesso caprajo che lo aveva venduto alla Miss, promettendoglielo in dono se questa, come pareva, non si fosse più curata di riaverlo, o un compenso per la custodia e la pastura, nel caso che il vice-console fosse venuto a chiederlo.

Quando, dopo circa otto mesi, arrivò da Londra la lettera di Miss Ethel Holloway, tanto il direttore dell'Hôtel des Temples, quanto il custode, quanto il caprajo si trovarono in un mare di confusione; il primo per aver affidato il capretto al custode; il custode per averlo affidato al caprajo, e questi per averlo a sua volta dato in consegna a un altro caprajo con le stesse promesse fatte a lui dal custode. Di questo secondo caprajo non s'avevano più notizie. Le ricerche durarono più d'un mese. Alla fine, un bel giorno, il signor Charles Trockley si vide presentare nella sede del vice-consolato in Girgenti un orribile bestione cornuto, fetido, dal vello stinto rossigno strappato e tutto incrostato di sterco e di mota, il quale, con rochi, profondi e tremuli belati, a testa bassa, minacciosamente, pareva domandasse che cosa si volesse da lui, ridotto per necessità di cose in quello stato, in un luogo così strano dalle sue consuetudini.

Ebbene, il signor Charles Trockley, secondo il solito suo, non si sgomentò minimamente a una tale apparizione; non tentennò un momento: fece il conto del tempo trascorso, dai primi d'aprile agli ultimi di dicembre, e concluse che, ragionevolmente, il grazioso capretto nero d'allora poteva esser benissimo quest'immondo bestione d'adesso. E senza neppure un'ombra d'esitazione rispose alla Miss, che subito gliel'avrebbe mandato da Porto Empedocle col primo vapore mercantile inglese di ritorno in Inghilterra. Appese al collo di quell'orribile bestia un cartellino con l'indirizzo di Miss Ethel Holloway e ordinò che fosse trasportata alla marina. Qui, lui stesso, mettendo a grave repentaglio la sua dignità, si tirò dietro con una fune la bestia restia per la banchina del molo, seguito da una frotta di monellacci; la imbarcò sul vapore in partenza, e se ne ritornò a Girgenti, sicurissimo d'aver adempiuto scrupolosamente all'impegno che s'era assunto, non tanto per la deplorevole leggerezza di Miss Ethel Holloway, quanto per il rispetto dovuto al padre di lei.

Ieri, il signor Charles Trockley è venuto a trovarmi in casa in tali condizioni d'animo e di corpo, che subito, costernatissimo, io mi son lanciato a sorreggerlo, a farlo sedere, a fargli recare un bicchier d'acqua.

- Per amor di Dio, signor Trockley, che vi è accaduto?

Non potendo ancora parlare, il signor Trockley ha tratto di tasca una lettera e me l'ha porta.

Era di Sir H. W. Holloway, Pari d'Inghilterra, e conteneva una filza di gagliarde insolenze al signor Trockley per l'affronto che questi aveva osato fare alla figliuola Miss Ethel, mandandole quella bestia immonda e spaventosa.

Questo, in ringraziamento di tutti i disturbi, che il povero signor Trockley s'è presi.

Ma che si aspettava dunque quella stupidissima Miss Ethel Holloway? Si aspettava che, a circa undici mesi dalla compera, le arrivasse a Londra quello stesso capretto nero che springava piccolo e lucido, tutto fremente di timidezza tra le colonne dell'antico Tempio greco in Sicilia? Possibile? Il signor Charles Trockley non se ne può dar pace.

Nel vedermelo davanti in quello stato, io ho preso a confortarlo del mio meglio, riconoscendo con lui che veramente quella Miss Ethel Holloway dev'essere una creatura, non solo capricciosissima, ma oltre ogni dire irragionevole.

- Stupida! stupida! stupida!

- Diciamo meglio irragionevole, caro signor Trockley, amico mio. Ma vedete, - (mi son permesso d'aggiungere timidamente) - ella, andata via lo scorso aprile con negli occhi e nell'anima l'immagine graziosa di quel capretto nero, non poteva, siamo giusti, far buon viso (così irragionevole com'è evidentemente) alla ragione che voi, signor Trockley, le avete posta davanti all'improvviso con quel caprone mostruoso che le avete mandato.

- Ma dunque? - mi ha domandato, rizzandosi e guardandomi con occhio nemico, il signor Trockley. - Che avrei dovuto fare, dunque, secondo voi?

- Non vorrei, signor Trockley, - mi sono affrettato a rispondergli imbarazzato, - non vorrei sembrarvi anch'io irragionevole come la piccola Miss del vostro paese lontano, ma al posto vostro, signor Trockley, sapete che avrei fatto io? O avrei risposto a Miss Ethel Holloway che il grazioso capretto nero era morto per il desiderio de' suoi baci e delle sue carezze; o avrei comperato un altro capretto nero, piccolo piccolo e lucido, simile in tutto a quello da lei comperato lo scorso aprile e gliel'avrei mandato, sicurissimo che Miss Ethel Holloway non avrebbe affatto pensato che il suo capretto non poteva per undici mesi essersi conservato così tal quale. Seguito con ciò, come vedete, a riconoscere che Miss Ethel Holloway è la creatura più irragionevole di questo mondo e che la ragione sta intera e tutta dalla parte vostra, come sempre, caro signor Trockley, amico mio.

SEDILE SOTTO UN VECCHIO CIPRESSO

Era stato, nel suo miglior tempo (come tanti ancora lo ricordavano), uno di quegli uomini che non si sa mai perché siano così: ti guardano con certi occhi; ti scoppiano a ridere in faccia all'improvviso senza motivo; o ti voltano le spalle lasciandoti in asso lì per lì. Per quanto pratichi con loro, non riesci mai a imparare che diavolo covino nel fondo; sempre distratti e come assenti; benché poi, quando meno te l'aspetti, li vedi montare sulle furie per certe cose da nulla, di cui non avresti mai supposto che si potessero accorgere: o, peggio, resti quasi avvilito per conto loro, venendo a sapere dopo qualche tempo che, per futilissimi motivi da te neanche avvertiti, ti han serbato di nascosto un profondo e velenosissimo rancore, mentre li vedi fiduciosi accordar la loro simpatia e la loro stima a cert'altri, dai quali pur sanno d'aver ricevuto male davvero, un mese addietro.

Strambo e un po' ridicolo era anche nella figura e nel portamento. Le gambe, già sottili per sé, strette in quei calzoncini da cavallerizzo, parevano due stecchi; e su quelle gambe la giacca, sempre a due petti, gli segnava così preciso il busto, che sembrava uno di quei torsi avvitati su un gambo a tre piedi che si vedono nelle botteghe d'abiti bell'e fatti. Su quel busto, il testoncino, ritto sul collo stralungo; baffetti a punta, e due occhietti acuti e vivaci d'uccello, che gli sbattevano continuamente.

A vederlo così, e sapendo ch'era uno dei primi avvocati del paese, ciascuno avrebbe voluto raffigurarselo altrimenti. L'avvocato Lino Cimino rompeva subito sul viso a quei delusi una delle sue solite risate.

Qualche amico, di quelli che gli volevano bene veramente, aveva più volte tentato di fargli notare che non stava, per un uomo come lui, far certi atti, dir certe cose, dare in pascolo senza ritegno ai maligni certe segrete afflizioni della sua vita famigliare. Ma sì! A far le spese della maldicenza generale pareva provasse un'oscena voluttà; come per esempio quando si metteva con gesti sguajati e sconce parole a gridar vendetta al cielo perché la moglie gli aveva messo al mondo una dopo l'altra quattro figlie femmine; quasi gliel'avesse fatto apposta per dimostrare che lui - perdio, lui! - non era capace di generare un maschio.

Escandescenze che trattenevano dal fargli altri richiami per l'afflizione che davano. Pareva incredibile che potesse affogare in tali meschinità volgari un uomo di tanto valore, che commoveva e sbalordiva tutti quando l'estro, parlando, gli s'accendeva, o quando, nei ragionamenti sui casi della vita, sapeva trovar certe considerazioni che subito, i più oscuri e confusi, diventavano chiari e perspicui agli occhi di chi stava ad ascoltarlo.

La sua casa, intanto, era un inferno per le continue scenate con la moglie, che rischiavano ogni volta di buttare all'aria la famiglia. Ora l'uno ora l'altro degli amici doveva accorrere, chiamato, a rimetter pace; uno segnatamente, a cui egli per quelle sue solite improvvise simpatie aveva subito accordato la più cieca fiducia; questa volta però, a giudizio di tutti, non mal collocata. Il giovane avvocato Carlo Papìa.

Lo aveva accolto nel suo studio, appena laureato. Le quattro figliuole, allora bambine, vedendolo accorrere, gli andavano incontro festanti, perché sapevano che di lì a poco, con la sua venuta, il sorriso sarebbe ritornato sulle labbra della madre e anche del padre; e, appena rimessa la pace, volevano andare a spasso con lui; ed era ogni volta una zuffa per accaparrarsi una sua mano: ne volevano una per ciascuna, e lui a disperarsi ridendo e mostrando che ne aveva due sole e che non poteva accontentarle tutt'e quattro. In paese, vedendolo in mezzo a quelle quattro bambine chiacchierine e affettuose, gli amici gli facevano festa e gli predicevano che presto, così ben protetto ed entrato nelle grazie della famiglia, avrebbe avuto il premio dei lunghi sacrifizi che la sua laurea doveva esser costata ai suoi poveri parenti da un pezzo decaduti.

Ma può un marito impunemente chiamar di mezzo tra sé e la moglie più giovane di lui un altr'uomo anche più giovane della moglie, di piacevole aspetto e di modi graziosi, esercitati a persuadere l'amore e l'accordo? Scoperto il tradimento, l'avvocato Lino Cimino si comportò naturalmente da quello strambo che era. Incongruenze su incongruenze, una più pazza dell'altra. Non si vuol negare che è inutile studiarsi di tener segrete certe cose perché non trapelino a nessuno: ad onta d'ogni diligenza ci s'accorge poi per tanti segni che tutti invece sanno e che solo per pietà han finto d'ignorare. Ma certamente peggio è fare lo scandalo e poi, di fronte alle ultime conseguenze di esso, arrestarsi e rimanere così a mezzo nella vergogna di cui abbiamo voluto da pubblico spettacolo, deludendo col non concluder nulla l'attesa degli spettatori.

Prima scacciò la moglie, senza pensare di vendicarsi anche sopra l'amante, dichiarando anzi davanti a tutti che gli era grato del servizio che gli aveva reso; poi si riprese in casa la moglie, per pietà delle bambine, a patto che non si facesse mai più rivedere da lui; ma la prima volta che incontrò il Papìa per istrada, cavò di tasca la rivoltella e pim! pam! all'impazzata; chi scappò di qua, chi di là; e alla fine il Papìa si ritrovò con una feritina a un braccio, e lui tra due guardie che gli attanagliavano i polsi. Assolto, si fece costruire un villino a due piani che pareva una carcere; relegò la moglie nel piano di sopra con le bambine; e lui, sotto, per sfregio si portò di notte a dormire anche donnacce da conio: e tant'altre pazzie e vergogne commise che gli avrebbero alienato, oltre la considerazione degli amici, anche tutti i clienti, se il timore d'averlo avversario non li avesse trattenuti dal rivolgersi ad altri.

Sapete quando una smania si mette allo stomaco, di quelle che levano il respiro; per cui non si sa più né come né dove rivoltarsi; e si graffia il letto; si graffierebbero i muri; si urlerebbe se se n'avesse la forza; e tutto, la vista stessa delle cose dà un fastidio intollerabile, e sopra tutto ogni proposta di rimedio che ci venga da coloro che stanno attorno a guardarci, irritati per contagio della nostra esasperazione; e questo è l'unico sollievo, come per uno sfogo che riusciamo a prenderci senza che ci sia stato offerto? Per fortuna dura poco una tale smania. Ma all'avvocato Lino Cimino, gli si mise allo stomaco, e non gli passò più, per anni e anni.

Con la moglie riammessa in casa e l'amante andato via dal paese tranquillamente dopo l'assoluzione di lui, vana, a parere di tutti, era stata la vendetta, come stolido lo scandalo. Che la moglie fosse ora tenuta come in prigione, senza poter neanche guardare dai vetri delle finestre sempre chiuse, non bastava. Non bastava perché, intanto, aveva la compagnia delle bambine (e neanche questo, se vogliamo, era da approvare, non potendo esser buona guida per le figliuole chi s'era dimenticata d'esser madre diventando una cattiva moglie); e poi, in compenso della condanna d'esser privata d'ogni libertà di comparire davanti agli altri, aveva ottenuto almeno d'essersi liberata di lui, pur seguitando a pesargli addosso. Dal piano di sotto egli se la sentiva camminare sul capo; e tante volte la sentiva anche ridere e cantare. Aveva, sì, finito di rovinare la famiglia già decaduta dei Papìa e teneva segretamente sotto una persecuzione implacabile il giovine; ma neppur questo gli poteva bastare, perché sapeva che il Papìa s'era allontanato dal paese, non tanto per la sua persecuzione, quanto per non sentirsi sbattere in faccia da tutti continuamente il male che aveva fatto, non già a lui suo benefattore, ma a se stesso e ai suoi, lasciandosi pigliare come un imbecille in quella tresca. Ora, così essendo (e il Cimino sentiva bene ch'era proprio così), seguitare a pestarlo, gli pareva desse più soddisfazione agli altri che a sé; e quasi quasi avrebbe desiderato che qualcuno, reagendo, si fosse attentato a risollevar quell'imbecille dalla condanna di tutti per rimettergliclo di fronte, a provocare di nuovo, e più acerbo, il suo sdegno, a risuscitare più tremende le sue furie.

Nessuno si mosse; e a poco a poco svaporarono del tutto le furie e lo sdegno. Del Papìa non s'intese più parlare. Passarono gli anni; e quando le figliuole, già cresciute, trovarono marito tra i clienti dello studio che se le portarono via, senza festa e mortificate, in questo e in quel paesello della provincia; nessuno pensò più a ciò che dovesse ormai esser la vita per il Cimino, nella casa vuota, con la moglie su, sola; e lui sotto, solo. Allontanandosi sempre più nel tempo, lo scompiglio cagionatogli da quanto gli era avvenuto, parve si fosse così freddato nello squallore dell'abitudine, che il ricordo stesso, forse, vi stava già come seppellito.

Risaltò, quel ricordo, all'improvviso e inaspettatamente, come uno spettro pauroso agli occhi di tutti, e parve un'atroce punizione che una giustizia oscura avesse per tanti anni covata di nascosto, allorché si vide da un canto ricomparire per le vie della città (e non si seppe mai donde) il Papìa che chiedeva l'elemosina, tutto lacero e disfatto, irriconoscibile, con una barbaccia scoposa, già grigia, e mezzo cieco; e, dall'altro, ridotto un'ombra dopo un pajo di mesi che se n'era stato in casa per una segreta infermità, il Cimino: oh Dio, con la nuca che pareva gli fosse cresciuta un palmo su dal solino, liscia e così indurita, che la testa era costretta a star giù, immobile, quasi sotto un giogo; il mento rattratto sulla fossetta del collo, e gli occhi in una fissità continua, spasimosa e spaventevole, nel pallore del volto emaciato e pur gonfio, sparso qua e là di chiazze, come di quel nero che vajola la pietra dura di certe case antiche. Dichiarandosi dopo tanti anni, il male insidioso ch'era frutto dello scompiglio e delle follie vergognose in cui s'era avvoltolato per vendicarsi dell'infedeltà della moglie, lo aveva acchiappato e attanagliato in quel modo orribile alla nuca, la quale difatti aveva, così dura e scoperta, un che d'osceno.

Gli occhi, pur fissi in quel loro spasimo acuto, avevano ancora tanta luce, che nessuno poteva pensare che l'intelligenza in lui si fosse spenta. Ma facevano paura, quegli occhi. E i clienti uno dopo l'altro, abbandonarono lo studio, dov'egli, puntuale ogni mattina, seguitò tuttavia ad aspettarli, seduto alla scrivania ormai sgombra di carte, guardando la bussola di panno verde ingiallito, che non s'apriva più. All'ora solita, chiuso lo studio, si recava a passeggiare nel viale solitario, all'uscita della città, da cui si godeva una gran veduta di poggi e di vallate.

Dove quel viale svoltava per proseguire sulla costa un po' più sporgente della collina accanto, c'era una panchina a ridosso d'un cipresso. Il viale era tutto d'alberelli nuovi e freschi. Quel cipresso vi era come estraneo e solo. Perdute le scaglie, era divenuto per la vecchiaja una gigantesca pertica, liscia e morta, con un pennacchio appena in cima, come una spazzola da lumi. Nessuno mai andava a sedere sulla piccola panchina a ridosso di quel vecchio cipresso malauguroso. Vi andava a sedere il Cimino, per ore e ore, immobile, come un lugubre fantoccio che qualcuno per burla avesse posato lì.

Fu un poco prima di sera, ma già quasi a bujo. Stando egli a sedere su quella panchina, si vide passar davanti per il viale deserto il Papìa con una mano protesa come a parar l'ombra e l'altra che cercava col bastone la via.

Lo chiamò.

La panchina, pur con tanto aperto davanti, aveva quel che di racchiuso fa l'ombra della sera attorno a ogni cosa che ancora si riesca a vedere.

Quegli, mezzo cieco, sentendosi chiamare, s'accostò e si protese a guardare: lo riconobbe e, come se un brivido gli passasse per le carni, stolzò e subito si mise a piangere con lo stomaco, sussultando; si abbatté sulla panchina, e i singhiozzi che non riuscivano ad arrivargli alla gola, s'appalesarono soltanto in un fiottar fitto del naso.

Non si dissero nulla.

Sentendolo piangere, l'altro che non poteva voltare la testa, allungò una mano e gliela batté pian piano più volte su una gamba.

E rimasero così, appajati nell'atroce miseria da tutto il male che s'erano fatto e da cui nasceva, forse per un solo momento, quella disperata pietà che non li poteva più in nessun modo consolare.

IL GATTO, UN CARDELLINO E LE STELLE

Una pietra. Un'altra pietra. L'uomo passa e le vede accanto. Ma che sa questa pietra della pietra accanto? E della zana, l'acqua che vi scorre dentro? L'uomo vede l'acqua e la zana; vi sente scorrer l'acqua e arriva finanche a immaginare che quell'acqua confidi, passando, chi sa che segreti alla zana.

Ah che notte di stelle sui tetti di questo povero paesello tra i monti! A guardare il cielo da questi tetti si potrebbe giurare che le stelle questa notte non vedano altro, così vivamente vi sfavillano sopra.

E le stelle ignorano anche la terra.

Quei monti? Ma possibile non sappiano che sono di questo paesello che sta in mezzo a loro da quasi mill'anni? Tutti sanno come si chiamano. Monte Corno, Monte Moro; ed essi non saprebbero neppure d'esser monti? E allora anche la più vecchia casa di questo paesello ignorerebbe d'esser sorta qui, di far cantone qua a questa via che è la più antica di tutte le vie? È mai possibile?

E allora?

Allora credete pure, se vi piace, che le stelle non vedano altro che i tetti del vostro paesello tra i monti.

Io ho conosciuto due vecchi nonni che avevano un cardellino. La domanda, come i tondi occhietti vivaci di quel cardellino vedessero le loro facce, la gabbia, la casa con tutti i vecchi arredi, e che cosa la testa di quel cardellino potesse pensare di tutte le cure e amorevolezze di cui lo facevano segno, non s'era mai certamente affacciata ai due vecchi nonni, tanto eran sicuri che, quando il cardellino veniva a posarsi sulla spalla dell'uno o dell'altra e si metteva a pinzar loro il collo grinzoso o il lobo dell'orecchio esso sapeva benissimo che quella su cui si posava era una spalla e quello che pinzava un lobo d'orecchio, e che la spalla e l'orecchio eran quelli di lui e non quelli di lei. Possibile che non li conoscesse entrambi? che lui era il nonno e lei la nonna? e che non sapesse che tutti e due lo amavano tanto perché era stato il cardellino della nipotina morta, la quale lo aveva così bene ammaestrato; a venir sulla spalla, a bezzicare così l'orecchia, a svolare per casa fuori della gabbia?

Nella gabbia, sospesa tra le tende al palchetto della finestra, stava la notte soltanto, e, di giorno, nei brevi momenti che si recava a beccare il suo miglio e a bere con molti inchini smorfiosi una gocciolina d'acqua. Era insomma come la sua reggia, la gabbia, e la casa era il suo vasto regno. E spesso sul paralume della lampada a sospensione nella sala da pranzo o sulla spalliera del seggiolone del nonno andava a prodigare i suoi gorgheggi e anche... - si sa, un cardellino!

- Sudicione! - lo sgridava la vecchia nonna, come gliela vedeva fare. E correva con lo strofinaccio sempre pronto a ripulire, come se per casa ci fosse un bambino da cui ancora non si potesse pretendere il giudizio di far certe cose con regola e al loro posto. E si ricordava intanto di lei, la vecchia nonna, della nipotina si ricordava, che quel servizio lì, povero amore, per più d'un anno gliel'aveva fatto fare, finché poi, da brava...

- Ti ricordi, eh?

E il vecchio - ricordarsi? se la vedeva ancora lì per casa, piccina piccina, così! E tentennava a lungo il capo.

Erano rimasti soli, loro due vecchi soli con quell'orfanella cresciuta da piccola in casa, che doveva esser la gioja della loro vecchiaja; e invece, a quindici anni... Ma era rimasto vivo di lei - trilli e ali - il ricordo, in quel cardellino. E dire che dapprima non ci avevan pensato! Nell'abisso di disperazione in cui erano piombati, dopo la sciagura, potevano mai pensare a un cardellino? Ma su le loro spalle curve, sussultanti all'impeto dei singhiozzi, lui, il cardellino, - lui, lui - era venuto da sé a posarsi lieve, movendo la testolina di qua e di là, poi aveva allungato il collo, e una beccatina, di dietro, all'orecchio, come per dire che... sì, era una cosa viva di lei; viva, viva ancora, e che aveva ancora bisogno delle loro cure, dello stesso amore che avevano avuto per lei.

Ah con qual tremore lo aveva preso, il vecchio, nella sua grossa mano e mostrato alla sua vecchia, singhiozzando! Che baci su quel capino, su quel beccuccio! Ma non voleva esser preso, lui, imprigionato in quella mano; armeggiava con le zampine, con la testina; pinzava in risposta ai baci dei due vecchi.

La vecchia nonna era certa certissima che con quei gorgheggi il cardellino chiamava ancora la sua padroncina, e che svolando di qua, di là per le stanze, la cercava, la cercava senza requie, non sapendo darsi pace di non trovarla più; e che eran tutti discorsi per lei, quei lunghi gorgheggi lì; domande, proprio domande che meglio di così, con le parole, non si sarebbero potute fare; domande ripetute tre, quattro volte di seguito, che attendevano una risposta e dimostravan la stizza di non riceverla.

Ma come, se poi era anche certo, certissimo che il cardellino sapeva della morte? Se sapeva, chi chiamava? da chi attendeva risposta a quelle domande che meglio di così, con le parole, non si sarebbero potute fare?

Oh Dio mio, cardellino era infine! Ora la chiamava, ora la piangeva. Si poteva forse mettere in dubbio che in quel momento lì, per esempio, così tutto rinchiocciato sul regoletto della gabbia, col capino rientrato e il beccuccio in su e gli occhietti semichiusi pensasse a lei morta? Certi pigolii brevi, sommessi, lasciava andare di tratto in tratto in quei momenti, che eran la prova più evidente che pensava a lei e la piangeva e si lamentava. Erano uno strazio quei pigolii.

Il vecchio nonno non diceva di no alla sua vecchia. N'era così certo anche lui! Pur non di meno, saliva pian piano su la seggiola, come per bisbigliar davvicino qualche parolina di conforto a quella povera animuccia in pena, e intanto, quasi senza voler vedere lui stesso quello che faceva, riapriva lo sportellino a scatto della gabbia che s'era richiuso.

- Ecco che scappa! ecco che scappa, il birichino! - esclamava il vecchio, voltandosi sulla sedia a seguirlo con gli occhi ridenti, le due mani aperte davanti al volto come a pararlo.

E allora nonno e nonna litigavano. Litigavano perché tante e tante volte glielo aveva detto lei, che lo lasciasse stare quand'era così, che non andasse a frastornarlo dalla sua pena. Ecco, lo sentiva ora?

- Canta, - diceva il vecchio.

- Ma che canta! - rimbeccava lei con una scrollata di spalle. - Te ne sta dicendo di cotte e di crude! Arrabbiatissimo è!

E accorreva a calmarlo. Ma che calmare! Scattava via di qua, di là, proprio impermalito; e con ragione, perché gli doveva parere di non esser considerato in quei momenti lì.

E il bello era che il nonno, non solo si pigliava tutti quei rimbrotti senza dire alla nonna che lo sportellino a scatto della gabbiola era chiuso e che forse il cardellino pigolava così lamentosamente per questo, ma piangeva sentendo parlare a quel modo la sua vecchia correndo appresso al cardellino, piangeva e riconosceva tra sé, crollando il capo tra le lagrime:

- Poverino, ha ragione... poverino, ha ragione... non si sente considerato!

Lo sapeva bene infatti, il nonno, che cosa volesse dire non sentirsi considerati. Tutti e due, poveri vecchi, non eran considerati da nessuno ed erano messi alla berlina, perché non vivevano più d'altro ormai che di quel cardellino, e perché si condannavano a star perpetuamente con tutte le finestre chiuse; e lui anche, il vecchio nonno, a non metter più il naso fuori della porta, perché era vecchio sì e piangeva lì in casa come un bambino, ma oh! mosche sul naso non se n'era fatte posar mai, e se qualcuno, per via, avesse avuto la cattiva ispirazione di farsi beffe di lui, la vita (ma che prezzo ormai aveva più la vita per lui?) come niente, come niente se la sarebbe giocata. Sissignori, per quel cardellino lì, se qualcuno avesse avuto la cattiva ispirazione di dirgli qualche cosa. Tre volte, in gioventù, era stato proprio a un pelo... là, o la vita o la libertà! Ah, ci metteva poco lui a perder la vista degli occhi!

Ogni qual volta questi propositi violenti gli s'accendevano nel sangue, s'alzava il vecchio nonno, spesso col cardellino su la spalla, e andava a guatare con occhi truci dai vetri della finestra le finestre delle case dirimpetto.

Che fossero case, quelle lì dirimpetto; che quelle fossero finestre, coi vetri intelajati, le ringhierine, i vasi di fiori e tutto; che quelli su fossero tetti con fumajuoli, tegole, grondaje, non poteva mica dubitare il vecchio nonno che sapeva anche a chi appartenevano, e chi vi stava, e come ci si viveva. Il guajo è che non gli s'affacciava per nulla alla mente la domanda, che cosa fossero invece per il cardellino che gli stava accoccolato su la spalla, quella sua casa e quelle altre case dirimpetto; e anche là per quel magnifico gattone bianco soriano che se ne stava tutto aggruppato sul davanzale di quella finestra dirimpetto, con gli occhi chiusi a crogiolarsi al sole. Finestre? vetri? tetti? tegole? casa mia? casa tua? Per quel gattone bianco lì che dormiva al sole, casa mia? casa tua? Ma se poteva entrarci, tutte erano sue! Case? Che case! Posti dove si poteva rubare; posti dove si poteva dormire più o meno comodamente; o fingere anche di dormire.

Credevano davvero quei due vecchi nonni che tenendo sempre chiuse le finestre e chiusa la porta di casa, un gatto, volendo, non potesse trovare un'altra via per entrare a mangiarsi quel cardellino lì?

E non era poi troppo pretendere che il gatto sapesse che quel cardellino lì era tutta la vita di quei due vecchi nonni perché era stato della nipotina morta che lo aveva così bene ammaestrato a svolar per casa fuori della gabbia? e che sapesse che il vecchio nonno, una volta che lo aveva sorpreso dietro una delle finestre a spiare tutto intento attraverso i vetri chiusi il volo spensierato di quel cardellino per la stanza, era andato furente ad ammonir la padrona che guai, guai se un'altra volta lo avesse sorpreso lì? Lì? quando? come? La padrona... i nonni... la finestra... il cardellino?

E così, un giorno, se lo mangiò - ma sì, quel cardellino che per lui poteva anche essere un altro - se lo mangiò entrando in casa dei due vecchi, chi sa come, chi sa donde. La nonna - era quasi sera - intese appena, di là, come un piccolo squittio, un lamento; il nonno accorse, intravide una cosa bianca che s'avventava scappando per la cucina e, per terra, sparse, alcune piccole piume del petto, le più tenere, che, mossa l'aria al suo entrare, si scossero lievi, lì sul pavimento. Che grido! E trattenuto invano dalla sua vecchia, s'armò, corse come un pazzo in casa della vicina. No, non la vicina, il gatto, il gatto voleva uccidere il vecchio, là, sotto gli occhi di lei; e sparò nella saletta da pranzo, come lo vide lì quieto a seder sulla credenza, sparò una, due tre volte, fracassando le stoviglie, finché non accorse, armato anche lui, il figlio della vicina, che sparò sul vecchio.

Una tragedia. Fra grida e pianti il nonno fu trasportato moribondo, ferito al petto, alla sua casa, alla sua vecchia.

Il figlio della vicina era fuggito per le campagne. La rovina in due case; lo scompiglio in tutto il paesello per tutta una notte.

E il gatto mica se lo ricordava, un momento dopo, che s'era mangiato il cardellino, un qualunque cardellino; e mica aveva capito che il vecchio aveva sparato contro di lui. Aveva fatto un bel balzo, al botto, era scappato via e ora - eccolo là - se ne stava tranquillo, così tutto bianco sul tetto nero a guardare le stelle che dalla cupa profondità della notte interlunare - si può essere certissimi - non vedevano affatto i poveri tetti di quel paesello tra i monti, ma così vivamente vi sfavillavano sopra che si poteva quasi giurare non vedessero altro, quella notte.

LA VENDETTA DEL CANE

Senza sapere né come né perché, Jaco Naca s'era trovato un bel giorno padrone di tutta la poggiata a solatio sotto la città, da cui si godeva la veduta magnifica dell'aperta campagna svariata di poggi e di valli e di piani, col mare in fondo, lontano, dopo tanto verde, azzurro nella linea dell'orizzonte.

Un signore forestiere, con una gamba di legno che gli cigolava a ogni passo, gli s'era presentato, tre anni addietro, tutto in sudore, in un podere nella vallatella di Sant'Anna infetta dalla malaria, ov'egli stava in qualità di garzone, ingiallito dalle febbri, coi brividi per le ossa e le orecchie ronzanti dal chinino; e gli aveva annunziato che da minuziose ricerche negli archivi era venuto a sapere che quella poggiata lì, creduta finora senza padrone, apparteneva a lui: se gliene voleva vendere una parte, per certi suoi disegni ancora in aria, gliel'avrebbe pagata secondo la stima d'un perito.

Rocce erano, nient'altro; con, qua e là, qualche ciuffo d'erba, ma a cui neppure le pecore, passando, avrebbero dato una strappata.

Intristito dal veleno lento del male che gli aveva disfatto il fegato e consunto le carni, Jaco Naca quasi non aveva provato né meraviglia né piacere per quella sua ventura, e aveva ceduto a quello zoppo forestiere gran parte di quelle rocce per una manciata di soldi. Ma quando poi, in meno d'un anno, aveva veduto levarsi lassù due villini, uno più grazioso dell'altro, con terrazze di marmo e verande coperte di vetri colorati, come non s'erano mai viste da quelle parti: una vera galanteria! e ciascuno con un bel giardinetto fiorito e adorno di chioschi e di vasche dalla parte che guardava la città, e con orto e pergolato dalla parte che guardava la campagna e il mare; sentendo vantar da tutti, con ammirazione e con invidia, l'accorgimento di quel segnato lì, venuto chi sa da dove, che certo in pochi anni col fitto dei dodici quartierini ammobigliati in un luogo così ameno si sarebbe rifatto della spesa e costituito una bella rendita; s'era sentito gabbato e frodato: l'accidia cupa, di bestia malata, con cui per tanto tempo aveva sopportato miseria e malanni, gli s'era cangiata d'improvviso in un'acredine rabbiosa, per cui tra smanie violente e lagrime d'esasperazione, pestando i piedi mordendosi le mani, strappandosi i capelli, s'era messo a gridar giustizia e vendetta contro quel ladro gabbamondo.

Purtroppo è vero che, a voler scansare un male, tante volte, si rischia d'intoppare in un male peggiore. Quello zoppo forestiere, per non aver più la molestia di quelle scomposte recriminazioni, sconsigliatamente s'era indotto a porger sottomano a Jaco Naca qualche giunta al prezzo della vendita: poco; ma Jaco Naca, naturalmente, aveva sospettato che quella giunta gli fosse porta così sottomano perché colui non si riteneva ben sicuro del suo diritto e volesse placarlo; gli avvocati non ci sono per nulla; era ricorso ai tribunali. E intanto che quei pochi quattrinucci della vendita se n'andavano in carta bollata tra rinvii e appelli, s'era dato con rabbioso accanimento a coltivare il residuo della sua proprietà, il fondo del valloncello sotto quelle rocce, ove le piogge, scorrendo in grossi rigagnoli su lo scabro e ripido declivio della poggiata, avevano depositato un po' di terra.

Lo avevano allora paragonato a un cane balordo che, dopo essersi lasciato strappar di bocca un bel cosciotto di montone ora rabbiosamente si rompesse i denti su l'osso abbandonato da chi s'era goduta la polpa.

Un po' d'ortaglia stenta, una ventina di non meno stenti frutici di mandorlo che parevano ancora sterpi tra i sassi, erano sorti laggiù nel valloncello angusto come una fossa, in quei due anni d'accanito lavoro; mentre lassù, aerei davanti allo spettacolo di tutta la campagna e del mare, i due leggiadri villini splendevano al sole, abitati da gente ricca, che Jaco Naca naturalmente s'immaginava anche felice. Felice, non foss'altro, del suo danno e della sua miseria.

E per far dispetto a questa gente e vendicarsi almeno così del forestiere, quando non aveva potuto più altro, aveva trascinato laggiù nella fossa un grosso cane da guardia; lo aveva legato a una corta catena confitta per terra, lasciato lì, giorno e notte, morto di fame, di sete e di freddo.

- Grida per me!

Di giorno, quand'egli stava attorno all'orto a zappettare, divorato dal rancore, con gli occhi truci nel terreo giallore della faccia, il cane per paura stava zitto. Steso per terra, col muso allungato su le due zampe davanti, al più, sollevava gli occhi e traeva qualche sospiro o un lungo sbadiglio mugolante, fino a slogarsi le mascelle, in attesa di qualche tozzo di pane ch'egli ogni tanto gli tirava come un sasso, divertendosi anche talvolta a vederlo smaniare, se il tozzo ruzzolava più là di quanto teneva la catena. Ma la sera, appena rimasta sola laggiù, e poi per tutta la nottata, la povera bestia si dava a guaire, a uggiolare, a sguagnolare, così forte e con tanta intensità di doglia e tali implorazioni d'ajuto e di pietà, che tutti gl'inquilini delle due ville si svegliavano e non potevano più riprender sonno.

Da un piano all'altro, dall'uno all'altro quartierino, nel silenzio della notte, si sentivano i borbottii, gli sbuffi, le imprecazioni, le smanie di tutta quella gente svegliata nel meglio del sonno; i richiami e i pianti dei bimbi impauriti, il tonfo dei passi a piedi scalzi o lo strisciar delle ciabatte delle mamme accorrenti.

Era mai possibile seguitare così? E da ogni parte eran piovuti reclami al proprietario, il quale, dopo aver tentato più volte e sempre invano, con le buone e con le cattive, d'ottenere da quel tristo che finisse d'infliggere il martirio alla povera bestia, aveva dato il consiglio di rivolgere al municipio un'istanza firmata da tutti gl'inquilini.

Ma anche quell'istanza non aveva approdato a nulla. Correva, dai villini al posto ove il cane stava incatenato, la distanza voluta dai regolamenti: se poi, per la bassura di quel valloncello e per l'altezza dei due villini, i guaiti pareva giungessero da sotto le finestre, Jaco Naca non ci aveva colpa: egli non poteva insegnare al cane ad abbajare in un modo più grazioso per gli orecchi di quei signori; se il cane abbajava, faceva il suo mestiere; non era vero ch'egli non gli desse da mangiare; gliene dava quanto poteva; di levarlo di catena non era neanche da parlarne, perché, sciolto, il cane se ne sarebbe tornato a casa, e lui lì aveva da guardarsi quei suoi beneficii che gli costavano sudori di sangue. Quattro sterpi? Eh, non a tutti toccava la ventura d'arricchirsi in un batter d'occhio alle spalle d'un povero ignorante!

- Niente, dunque? Non c'era da far niente?

E una notte di quelle, che il cane s'era dato a mugolare alla gelida luna di gennajo più angosciosamente che mai, all'improvviso, una finestra s'era aperta con fracasso nel primo dei due villini, e due fucilate n'eran partite, con tremendo rimbombo, a breve intervallo. Tutto il silenzio della notte era come sobbalzato due volte con la campagna e il mare, sconvolgendo ogni cosa; e in quel generale sconvolgimento, urla, gridi disperati! Era il cane che aveva subito cangiato il mugolìo in un latrato furibondo, e tant'altri cani delle campagne vicine e lontane s'erano dati anch'essi a latrare a lungo, a lungo. Tra il frastuono, un'altra finestra s'era schiusa nel secondo villino, e una voce irata di donna e una vocetta squillante di bimba non meno irata, avevano gridato verso quell'altra finestra da cui erano partite le fucilate:

- Bella prodezza! Contro la povera bestia incatenata!

- Brutto cattivo!

- Se ha coraggio, contro il padrone dovrebbe tirare!

- Brutto cattivo!

- Non le basta che stia lì quella povera bestia a soffrire il freddo, la fame, la sete? Anche ammazzata? Che prodezza! Che cuore!

- Brutto cattivo!

E la finestra s'era richiusa con impeto d'indignazione.

Aperta era rimasta quell'altra, ove l'inquilino, che forse s'aspettava l'approvazione di tutti i vicini, ecco che, ancor vibrante della violenza commessa, si aveva in cambio la sferzata di quell'irosa e mordace protesta femminile. Ah sì? ah sì e per più di mezz'ora, lì seminudo, al gelo della notte, come un pazzo, costui aveva imprecato non tanto alla maledettissima bestia che da un mese non lo lasciava dormire, quanto alla facile pietà di certe signore che, potendo a piacer loro dormire di giorno, possono perdere senza danno il sonno della notte, con la soddisfazione per giunta... eh già, con la soddisfazione di sperimentar la tenerezza del proprio cuore, compatendo le bestie che tolgono il riposo a chi si rompe l'anima a lavorare dalla mattina alla sera. E l'anima diceva, per non dire altra cosa.

I commenti, nei due villini, durarono a lungo quella notte; s'accesero in tutte le famiglie vivacissime discussioni tra chi dava ragione all'inquilino che aveva sparato, e chi alla signora che aveva preso le difese del cane.

Tutti erano d'accordo che quel cane era insopportabile; ma anche d'accordo ch'esso meritava compassione per il modo crudele con cui era trattato dal padrone. Se non che, la crudeltà di costui non era soltanto contro la bestia, era anche contro tutti coloro a cui, per via di essa, toglieva il riposo della notte. Crudeltà voluta; vendetta meditata e dichiarata. Ora, la compassione per la povera bestia faceva indubbiamente il giuoco di quel manigoldo; il quale, tenendola così a catena e morta di fame e di sete e di freddo, pareva sfidasse tutti, dicendo:

- Se avete coraggio, per giunta, ammazzatela.

Ebbene, bisognava ammazzarla, bisognava vincere la compassione e ammazzarla, per non darla vinta a quel manigoldo!

Ammazzarla? E non si sarebbe fatta allora scontare iniquamente alla povera bestia la colpa del padrone? Bella giustizia! Una crudeltà sopra la crudeltà, e doppiamente ingiusta, perché si riconosceva che la bestia non solo non aveva colpa ma anzi aveva ragione di lagnarsi così! La doppia crudeltà di quel tristaccio si sarebbe rivolta tutta contro la bestia, se anche quelli che non potevano dormire si mettevano contro di essa e la uccidevano! D'altra parte, però, se non c'era altro mezzo d'impedire che colui martoriasse tutti?

- Piano, piano, signori, - era sopravvenuto ad ammonire il proprietario dei due villini, la mattina dopo, con la sua gamba di legno cigolante. - Per amor di Dio, piano, signori!

Ammazzare il cane a un contadino siciliano? Ma si guardassero bene dal rifar la prova! Ammazzare il cane a un contadino siciliano voleva dire farsi ammazzare senza remissione. Che aveva da perdere colui? Bastava guardarlo in faccia per capire che, con la rabbia che aveva in corpo, non avrebbe esitato a commettere un delitto.

Poco dopo, infatti, Jaco Naca, con la faccia più gialla del solito e col fucile appeso alla spalla, s'era presentato davanti ai due villini e, rivolgendosi a tutte le finestre dell'uno e dell'altro, poiché non gli avevano saputo indicare da quale propriamente fossero partite le fucilate, aveva masticato la sua minaccia, sfidando che si facesse avanti chi aveva osato attentare al suo cane.

Tutte le finestre eran rimaste chiuse; soltanto quella dell'inquilina che aveva preso le difese del cane e ch'era la giovine vedova dell'intendente delle finanze, signora Crinelli, s'era aperta, e la bambina dalla voce squillante, la piccola Rorò, unica figlia della signora, s'era lanciata alla ringhiera col visino in fiamme e gli occhioni sfavillanti per gridare a colui il fatto suo, scotendo i folti ricci neri della tonda testolina ardita.

Jaco Naca, in prima, sentendo schiudere quella finestra, s'era tratto di furia il fucile dalla spalla; ma poi, vedendo comparire una bambina, era rimasto con un laido ghigno sulle labbra ad ascoltarne la fiera invettiva, e alla fine con acre mutria le aveva domandato:

- Chi ti manda, papà? Digli che venga fuori lui: tu sei piccina!

Da quel giorno, la violenza dei sentimenti in contrasto nell'animo di quella gente, da un canto arrabbiata per il sonno perduto, dall'altro indotta per la misera condizione di quel povero cane a una pietà subito respinta dall'irritazione fierissima verso quel villanzone che se ne faceva un'arma contro di loro, non solo turbò la delizia di abitare in quei due villini tanto ammirati, ma inasprì talmente le relazioni degli inquilini tra loro che, di dispetto in dispetto, presto si venne a una guerra dichiarata, specialmente tra quei due che per i primi avevano manifestato gli opposti sentimenti: la vedova Crinelli e l'ispettore scolastico cavalier Barsi, che aveva sparato.

Si malignava sotto sotto, che la nimicizia tra i due non era soltanto a causa del cane, e che il cavalier Barsi ispettore scolastico sarebbe stato felicissimo di perdere il sonno della notte, se la giovane vedova dell'intendente delle finanze avesse avuto per lui un pochino pochino della compassione che aveva per il cane. Si ricordava che il cavalier Barsi, nonostante la ripugnanza che la giovane vedova aveva sempre dimostrato per quella sua figura tozza e sguajata, per quei suoi modi appiccicaticci come l'unto delle sue pomate, s'era ostinato a corteggiarla, pur senza speranza, quasi per farle dispetto, quasi per il gusto di farsi mortificare e punzecchiare a sangue non solo dalla giovane vedova, ma anche dalla figlietta di lei, da quella piccola Rorò che guardava tutti con gli occhioni scontrosi, come se credesse di trovarsi in un mondo ordinato apposta per l'infelicità della sua bella mammina, la quale soffriva sempre di tutto e piangeva spesso, pareva di nulla, silenziosamente. Quanta invidia, quanta gelosia e quanto dispetto entravano nell'odio del cavalier Barsi ispettore scolastico per quel cane?

Ora, ogni notte, sentendo i mugolii della povera bestia, mamma e figliuola, abbracciate strette strette nel letto come a resistere insieme allo strazio di quei lunghi lagni, stavano nell'aspettativa piena di terrore, che la finestra del villino accanto si schiudesse e che, con la complicità delle tenebre, altre fucilate ne partissero.

- Mamma, oh mamma, - gemeva la bimba tutta tremante - ora gli spara! Senti come grida? Ora lo ammazza!

- Ma no, stà tranquilla, - cercava di confortarla la mammina, - stà tranquilla, cara, che non lo ammazzerà! Ha tanta paura del villano! Non hai visto che non ha osato d'affacciarsi alla finestra? Se egli ammazza il cane, il villano ammazzerà lui. Stà tranquilla!

Ma Rorò non riusciva a tranquillarsi. Già da un pezzo, della sofferenza di quella bestia pareva si fosse fatta una fissazione. Stava tutto il giorno a guardarla dalla finestra giù nel valloncello, e si struggeva di pietà per essa. Avrebbe voluto scendere laggiù a confortarla, a carezzarla, a recarle da mangiare e da bere, e più volte, nei giorni che il villano non c'era, lo aveva chiesto in grazia alla mamma. Ma questa, per paura che quel tristo sopravvenisse, o per timore che la piccina scivolasse giù per il declivio roccioso, non gliel'aveva mai concesso.

Glielo concesse alla fine, per far dispetto al Barsi, dopo l'attentato di quella notte. Sul tramonto, quando vide andar via con la zappa in collo Jaco Naca, pose in mano a Rorò per le quattro cocche un tovagliolo pieno di tozzi di pane e con gli avanzi del desinare, e le raccomandò di star bene attenta a non mettere in fallo i piedini, scendendo per la poggiata. Ella si sarebbe affacciata alla finestra a sorvegliarla.

S'affacciarono con lei tanti e tant'altri inquilini ad ammirare la coraggiosa Rorò che scendeva in quel triste fossato a soccorrere la bestia. S'affacciò anche il Barsi alla sua, e seguì con gli occhi la bimba, crollando il capo e stropicciandosi le gote raschiose con una mano sulla bocca. Non era un'aperta sfida a lui tutta quella carità ostentata? Ebbene: egli la avrebbe raccolta, quella sfida. Aveva comperato la mattina una certa pasta avvelenata da buttare al cane, una di quelle notti, per liberarsene zitto zitto. Gliel'avrebbe buttata quella notte stessa. Intanto rimase lì a godersi fino all'ultimo lo spettacolo di quella carità e tutte le amorose esortazioni di quella mammina che gridava dalla finestra alla sua piccola di non accostarsi troppo alla bestia, che poteva morderla, non conoscendola.

Il cane abbajava, difatti, vedendo appressarsi la bimba e, trattenuto dalla catena, balzava in qua e in là, minacciosamente. Ma Rorò, col tovagliolo stretto per le quattro cocche nel pugno, andava innanzi sicura e fiduciosa che quello, or ora, certamente, avrebbe compreso la sua carità. Ecco, già al primo richiamo scodinzolava, pur seguitando ad abbajare; e ora, al primo tozzo di pane, non abbajava più. Oh poverino, poverino, con che voracità ingojava i tozzi uno dopo l'altro! Ma ora, ora veniva il meglio... E Rorò, senza la minima apprensione, stese con le due manine la carta coi resti del desinare sotto il muso del cane che, dopo aver mangiato e leccato a lungo la carta, guardò la bimba, dapprima quasi meravigliato, poi con affettuosa riconoscenza. Quante carezze non gli fece allora Rorò, a mano a mano sempre più rinfrancata e felice della sua confidenza corrisposta: quante parole di pietà non gli disse; arrivò finanche a baciarlo sul capo, provandosi ad abbracciarlo mentre di lassù la mamma, sorridendo e con le lagrime agli occhi, le gridava che tornasse su. Ma il cane ora avrebbe voluto ruzzare con la bimba: s'acquattava, poi springava smorfiosamente, senza badare agli strattoni della catena, e si storcignava tutto, guaendo, ma di gioja.

Non doveva pensare Rorò, quella notte, che il cane se ne stesse tranquillo perché lei gli aveva recato da mangiare e lo aveva confortato con le sue carezze? Una sola volta, per poco, a una cert'ora, s'intesero i suoi latrati; poi, più nulla. Certo il cane, sazio e contento, dormiva. Dormiva, e lasciava dormire.

- Mamma, - disse Rorò, felice del rimedio finalmente trovato. - Domattina, di nuovo, mamma, è vero?

- Sì, sì, - le rispose la mamma, non comprendendo bene, nel sonno.

E la mattina dopo, il primo pensiero di Rorò fu d'affacciarsi a vedere il cane che non s'era inteso tutta la notte.

Eccolo là: steso di fianco per terra, con le quattro zampe diritte, stirate, come dormiva bene! E nel valloncello non c'era nessuno: pareva ci fosse soltanto il gran silenzio che, per la prima volta, quella notte, non era stato turbato.

Insieme con Rorò e con la mammina, gli altri inquilini guardavano anch'essi stupiti quel silenzio di laggiù e quel cane che dormiva ancora, lì disteso, a quel modo. Era dunque vero che il pane, le carezze della bimba avevano fatto il miracolo di lasciar dormire tutti e anche la povera bestia?

Solo la finestra del Barsi restava chiusa.

E poiché il villano ancora non si vedeva laggiù, e forse per quel giorno, come spesso avveniva, non si sarebbe veduto, parecchi degli inquilini persuasero la signora Crinelli ad arrendersi al desiderio di Rorò di recare al cane - com'ella diceva - la colazione.

- Ma bada, piano, - la ammonì la mamma. - E poi su, senza indugiarti, eh?

Seguitò a dirglielo dalla finestra, mentre la bimba scendeva con passetti lesti, ma cauti, tenendo la testina bassa e sorridendo tra sé per la festa che s'aspettava dal suo grosso amico che dormiva ancora.

Giù, sotto la roccia, tutto raggruppato come una belva in agguato, era intanto Jaco Naca, col fucile. La bimba, svoltando, se lo trovò di faccia, all'improvviso, vicinissimo; ebbe appena il tempo di guardarlo con gli occhi spaventati: rintronò la fucilata, e la bimba cadde riversa, tra gli urli della madre e degli altri inquilini, che videro con raccapriccio rotolare il corpicciuolo giù per il pendio, fin presso al cane rimasto là, inerte, con le quattro zampe stirate.

RONDONE E RONDINELLA

Chi fosse Rondone e chi Rondinella né lo so io veramente, né in quel paesello di montagna, dove ogni estate venivano a fare il nido per tre mesi, lo sa nessuno.

La signorina dell'ufficio postale giura di non essere riuscita in tanti anni a cavare un suono umano, mettendo insieme i k, le h, i w e tutti gli f del cognome di lui e del cognome di lei, nelle rarissime lettere che ricevevano. Ma quand'anche la signorina dell'ufficio postale fosse riuscita a compitare quei due cognomi, che se ne saprebbe di più?

Meglio così, penso io. Meglio chiamarli Rondone e Rondinella, come tutti li chiamavano in quel paesello di montagna: Rondone e Rondinella, non solo perché ritornavano ogni anno, d'estate, non si sa donde, al vecchio nido; non solo perché andavano, o meglio, svolavano irrequieti dalla mattina alla sera per tutto il tempo che durava il loro soggiorno colà; ma anche per un'altra ragione un po' meno poetica.

Forse nessuno in quel paesello avrebbe mai pensato di chiamarli così, se quel signore straniero, il primo anno, non fosse venuto con un lungo farsetto nero di saja, dalle code svolazzanti, e in calzoni bianchi; e anche se, cercando una casetta appartata per la villeggiatura, non avesse scelto la villetta del medico e sindaco del paese, piccola piccola, come un nido di rondine, su in cima al greppo detto della Bastìa, tra i castagni.

Piccola piccola, quella villetta, e tanto grosso lui, quel signore straniero! Oh, un pezzo d'omone sanguigno, con gli occhiali d'oro e la barba nera, che gl'invadeva arruffata e prepotente le guance, quasi fin sotto gli occhi, pur senza dargli alcun'aria fosca o truce, perché gli spirava anzi da tutto il corpo vigoroso una cordialità franca e ridente.

Con la testa alta sul torace erculeo pareva fosse sempre sul punto di lanciarsi, con impeto d'anima infantile, a qualche richiamo misterioso, lontano, che lui solo intendeva: o su in vetta al monte, o giù nella valle sterminata, ora da una parte ora dall'altra. Ne ritornava, sudato, infocato, anelante e sorridente, o con una conchiglietta fossile in un pugno, o con un fiorellino in bocca, come se proprio quella conchiglietta o quel fiorellino lo avessero chiamato all'improvviso da miglia e miglia lontano, su dal monte o giù dalla valle.

E vedendolo andar così, con quel farsetto nero e quei calzoni bianchi, come non chiamarlo Rondone?

La Rondinella era arrivata, il primo anno, circa quindici giorni dopo di lui, quand'egli aveva già trovato e apparecchiato il nido lassù, tra i castagni.

Era arrivata improvvisamente, senza che egli ne sapesse nulla, e aveva molto stentato a far capire che cercava di quel signore straniero, e voleva esser guidata alla casa di lui.

Ogni anno la Rondinella arrivava due o tre giorni dopo, e sempre così, all'improvviso. Un anno solo, arrivò un giorno prima di lui. Il che dimostra chiaramente che tra loro non c'era intesa, e che qualche grave ostacolo dovesse impedir loro d'aver notizia l'uno dell'altra. Certo, come dai bolli postali su le lettere si ricavava, abitavano nel loro paese in due città diverse.

Sorse sin da principio il sospetto ch'ella fosse maritata, e che ogni anno, lasciata libera per tre mesi, venisse là a trovar l'amante, a cui non poteva neanche dar l'annunzio del giorno preciso dell'arrivo. Ma come conciliare questi impedimenti e tanto rigor di sorveglianza su lei con la libertà intera, di cui ella poi godeva nei tre mesi estivi in Italia?

Forse i medici avevano detto al marito che la Rondinella aveva bisogno di sole; e il marito accordava ogni anno quei tre mesi di vacanza, ignaro che la Rondinella, oltre che di sole, anzi più che di sole, andava in Italia a far cura d'amore.

Era piccola e diafana, come fatta d'aria; con limpidi occhi azzurri, ombreggiati da lunghissime ciglia: occhi timidi e quasi sbigottiti, nel gracile visino. Pareva che un soffio la dovesse portar via, o che, a toccarla appena appena, si dovesse spezzare. A immaginarla tra le braccia di quel pezzo d'omone impetuoso, si provava quasi sgomento.

Ma tra le braccia di quell'omone, che nella villetta lassù l'attendeva impaziente, con un fremito di belva intenerita, ella, così piccola e gracile, correva ogni anno a gettarsi felice, senza nessuna paura, non che di spezzarsi, ma neppur di farsi male un pochino. Sapeva tutta la dolcezza di quella forza, tutta la leggerezza sicura e tenace di quell'impeto, e s'abbandonava a lui perdutamente.

Ogni anno, per il paese, l'arrivo di Rondinella era una festa.

Così almeno credeva Rondinella.

La festa, certo, era dentro di lei, e naturalmente la vedeva per tutto, fuori. Ma sì, come no? Tutte le vecchie casette, che il tempo aveva vestite d'una sua particolar patina rugginosa, aprivano le finestre al suo arrivo, rideva l'acqua delle fontanelle, gli uccelli parevano impazziti dalla gioja.

Rondinella, certo, intendeva meglio i discorsi degli uccelli, che quelli della gente del paese. Anzi questi non li intendeva affatto. Quelli degli uccelli pareva proprio di sì, perché sorrideva tutta contenta e si voltava di qua e di là al cinguettio dei passeri saltellanti tra i rami delle alte querce di scorta all'erto stradone, che saliva da Orte al borgo montano.

La vettura, carica di valige e di sacchetti, andava adagio, e il vetturino non poteva fare a meno di voltarsi indietro di tratto in tratto a sorridere alla piccola Rondinella, che ritornava al nido come ogni anno, e a farle cenno con le mani, che lui già c'era, il suo Rondone: sì, lassù, da tre giorni; c'era, c'era.

Rondinella alzava gli occhi al monte ancora lontano, su cui i castagni, ove non batteva il sole, s'invaporavan d'azzurro, e forzava gli occhi a scoprire lassù lassù il puntino roseo della villetta.

Non la scopriva ancora; ma ecco là il castello antico, ferrigno, che domina il borgo; ed ecco più giù l'ospizio dei vecchi mendicanti, che hanno accanto il cimitero, e stanno lì come a fare anticamera, in attesa che la signora morte li riceva.

Appiè del borgo, incombente su lo stradone serpeggiante, il boschetto delle nere elci maestose dava a Rondinella, ogni volta che vi passava sotto, un senso di freddo e quasi di sgomento. Ma durava poco. Subito dopo, passato quel boschetto, si scopriva su la Bastìa la villetta.

Come vivessero entrambi lassù, nessuno sapeva veramente; ma era facile immaginarlo. Una vecchia serva andava a far la pulizia, ogni mattina, quand'essi scappavan via dal nido e si davano a svolare, come portati da una gioja ebbra, di qua e di là, instancabili, o su al monte, o giù nella valle, per le campagne, per i paeselli vicini. C'è chi dice d'aver veduto qualche volta Rondone regger su le braccia, come una bambina, la sua Rondinella.

Tutti nel paese sorridevano lieti nel vederli passare in quella gioja viva d'amore, quando, stanchi delle lunghe corse, venivan per i pasti alla trattoria. S'eran già tutti abituati a vederli, e sentivano che un'attrattiva, un godimento sarebbero mancati al paese, se quel Rondone e quella Rondinella non fossero ritornati qualche estate al loro nido lassù. Il medico non pensava ad affittare ad altri la villetta, sicuro ormai, dopo tanti anni, che quei due non sarebbero mancati.

Sul finire del settembre, prima partiva lei; due o tre giorni dopo partiva lui. Ma gli ultimi giorni avanti la partenza, non uscivano più dal nido neppure per un momento. Si capiva che dovevan prepararsi al distacco per tutt'un anno, tenersi stretti così, a lungo, prima di separarsi per tutt'un anno. Si sarebbero riveduti? Avrebbe potuto lei, così piccola e gracile, resistere al gelo di tanti mesi senza il fuoco di quell'amore, senza più il sostegno della grande forza di lui? Forse sarebbe morta, durante l'inverno; forse egli, l'estate ventura, ritornando al vecchio nido, l'avrebbe attesa invano.

L'estate veniva, il Rondone arrivava e aspettava con trepidazione uno, due, tre giorni; al terzo giorno ecco la Rondinella, ma d'anno in anno sempre più gracile e diafana, con gli occhi sempre più timidi e sbigottiti.

Finché, la settima estate...

No, non mancò lei. Lei venne, tardi. Mancò lui; e fu dapprima per tutto il paese una gran delusione.

- Ma come, non viene? Non è ancora venuto? verrà più tardi.

Il medico, assediato da queste domande, si stringeva nelle spalle. Che poteva saperne? Era dolente anche lui, che mancasse al paese il lieto spettacolo del Rondone e della Rondinella innamorati, ma era anche seccato più d'un po', che la villetta gli fosse rimasta sfitta.

- A fidarsi...

- Ma certo qualcosa gli sarà accaduta.

- Che sia morto?

- O che sia morta lei, piuttosto?

- O che il marito abbia scoperto...

E tutti guardavano con pena la rosea villetta, il nido deserto, su in cima alla Bastìa, tra i castagni.

Passò il giugno, passò il luglio, stava per passare anche l'agosto, quando all'improvviso corse per tutto il paese la notizia:

- Arrivano! arrivano!

- Insieme, tutti e due, Rondone e Rondinella?

- Insieme, tutti e due!

Corse il medico, corsero tutti quelli che stavan seduti nella farmacia, e i villeggianti dal caffè su la piazza; ma fu una nuova delusione e più grande della prima.

Nella vettura, venuta su da Orte a passo a passo, c'era sì la Rondinella (c'era, per modo di dire!), ma accanto a lei non c'era mica il Rondone. Un altro c'era, un omacciotto biondo, dalla faccia quadra, placido e duro.

Forse il marito. Ma no, che forse! Non poteva essere che il marito, colui! La legalità, pareva, fatta persona. E, legalità, pareva dicesse ogni sguardo degli occhi ovati dietro gli occhiali; legalità, ogni atto, ogni gesto; legalità, legalità, ogni passo, appena egli smontò dalla vettura e si fece innanzi al medico, che era anche il sindaco, per pregarlo, in francese, se poteva di grazia fargli avere una barella per trasportare una povera inferma, incapace di reggersi sulle gambe, a una certa villetta, sita - come gli era stato detto - in un luogo...

- Ma sì, lo so bene: la villetta è mia!

- No, prego, signore: sita, mi è stato detto ed io ripeto, in un luogo troppo alto, perché una vettura vi possa salire.

Ah, gli occhi di Rondinella come chiaramente dicevano intanto dalla vettura, ch'ella moriva per quell'uomo composto e rispettabile, che sapeva parlare così esatto e compito! Essi soli, quegli occhi, vivevano ancora, e non più timidi ormai, ma lustri dalla gioja d'aver potuto rivedere quei luoghi, e lustri anche d'una certa malizietta nuova, insegnata loro (troppo tardi!) dalla morte ahimè troppo vicina.

«Ridete, ridete tutti, ridete forte a coro, accanto a me,» diceva quella malizietta dagli occhi a tutta la gente che guardava attorno alla vettura, costernata e quasi smarrita nella pena, «ridete forte di quest'uomo composto e rispettabile, che sa parlare così esatto e compito! Egli mi fa morire, con la sua rispettabilità, con la sua quadrata esattezza scrupolosa! Ma non ve ne affliggete, vi prego, poiché ho potuto ottener la grazia di morir qua; vendicatemi piuttosto ridendo forte di lui. Io ne posso rider piano e ormai per poco e così con gli occhi soltanto. Vedete la vostra Rondinella come s'è ridotta? Dacché volava, deve andare in barella, ora, alla villetta lassù.»

«E il Rondone? il tuo Rondone?» chiedevano ansiosi a quegli occhi gli occhi della gente attorno alla vettura. «Che ce n'è del tuo Rondone, che non è venuto? Non è venuto perché tu sei così? O tu sei così, perché egli è morto?»

Gli occhi di Rondinella forse intendevano queste domande ansiose; ma le labbra non potevano rispondere. E gli occhi allora si chiudevano con pena.

Con gli occhi chiusi, Rondinella pareva morta.

Certo qualche cosa doveva essere accaduta; ma che cosa, nessuno lo sa. Supposizioni, se ne possono far tante, e si può anche facilmente inventare. Certo è questo: che Rondinella venne a morir sola nella villetta lassù; e di Rondone non si è saputo più nulla.

QUANDO SI COMPRENDE

I passeggeri arrivati da Roma col treno notturno alla stazione di Fabriano dovettero aspettar l'alba per proseguire in un lento trenino sgangherato il loro viaggio su per le Marche.

All'alba, in una lercia vettura di seconda classe, nella quale avevano già preso posto cinque viaggiatori, fu portata quasi di peso una signora così abbandonata nel cordoglio che non si reggeva più in piedi.

Lo squallor crudo della prima luce, nell'angustia opprimente di quella sudicia vettura intanfata di fumo, fece apparire come un incubo ai cinque viaggiatori che avevano passato insonne la notte, tutto quel viluppo di panni, goffo e pietoso, issato con sbuffi e gemiti su dalla banchina e poi su dal montatojo.

Gli sbuffi e i gemiti che accompagnavano e quasi sostenevano, da dietro, lo stento, erano del marito, che alla fine spuntò, gracile e sparuto, pallido come un morto, ma con gli occhietti vivi vivi, aguzzi nel pallore.

L'afflizione di veder la moglie in quello stato non gl'impediva tuttavia di mostrarsi, pur nel grave imbarazzo, cerimonioso; ma lo sforzo fatto lo aveva anche, evidentemente, un po' stizzito, forse per timore di non aver dato prova davanti a quei cinque viaggiatori di bastante forza a sorreggere e introdurre nella vettura il pesante fardello di quella moglie.

Preso posto, però, dopo aver porto scusa e ringraziamenti ai compagni di viaggio che si erano scostati per far subito posto alla signora sofferente, poté mostrarsi cerimonioso e premuroso anche con lei e le rassettò le vesti addosso e il bavero della mantiglia che le era salito sul naso.

- Stai bene, cara?

La moglie, non solo non gli rispose, ma con ira si tirò su di nuovo la mantiglia - più su, fino a nascondersi tutta la faccia. Egli allora sorrise afflitto; poi sospirò:

- Eh... mondo!

E volle spiegare ai compagni di viaggio che la moglie era da compatire perché si trovava in quello stato per l'improvvisa e imminente partenza dell'unico figliuolo per la guerra. Disse che da vent'anni non vivevano più che per quell'unico figliuolo. Per non lasciarlo solo, l'anno avanti, dovendo egli intraprendere gli studii universitari, s'erano trasferiti da Sulmona a Roma. Scoppiata la guerra, il figliuolo, chiamato sotto le armi, s'era iscritto al corso accelerato degli allievi ufficiali; dopo tre mesi, nominato sottotenente di fanteria e assegnato al 12° reggimento, brigata Casale, era andato a raggiungere il deposito a Macerata, assicurando loro che sarebbe rimasto colà almeno un mese e mezzo per l'istruzione delle reclute; ma ecco che, invece, dopo tre soli giorni lo mandavano al fronte. Avevano ricevuto a Roma il giorno avanti un telegramma che annunziava questa partenza a tradimento. E si recavano a salutarlo, a vederlo partire.

La moglie sotto la mantiglia s'agitò, si restrinse, si contorse, rugliò anche più volte come una belva, esasperata da quella lunga spiegazione del marito, il quale, non comprendendo che nessun compatimento speciale poteva venir loro per un caso che capitava a tanti, forse a tutti, avrebbe anzi suscitato irritazione e sdegno in quei cinque viaggiatori che non si mostravano abbattuti e vinti come lei nel cordoglio, pur avendo anch'essi probabilmente uno o più figliuoli alla guerra. Ma forse il marito parlava apposta e dava quei ragguagli del figlio unico e della partenza improvvisa dopo tre soli giorni, ecc., perché gli altri ripetessero a lei con dura freddezza tutte quelle parole ch'egli andava dicendo da alcuni mesi, cioè da quando il figliuolo era sotto le armi; e non tanto per confortarla e confortarsi, quanto per persuaderla dispettosamente a una rassegnazione per lei impossibile.

Difatti quelli accolsero freddamente la spiegazione. Uno disse:

- Ma ringrazii Dio, caro signore, che parta soltanto adesso il suo figliuolo! Il mio è già su dal primo giorno della guerra. Ed è stato ferito, sa? già due volte. Per fortuna, una volta al braccio, una volta alla gamba, leggermente. Un mese di licenza, e via di nuovo al fronte.

Un altro disse:

- Ce n'ho due, io. E tre nipoti.

- Eh, ma un figlio unico... - si provò a far considerare il marito.

- Non è vero, non lo dica! - lo interruppe quello sgarbatamente. - S'avvizia un figlio unico; non si ama mica di più! Un pezzo di pane, quando s'hanno più figliuoli, tanto a ciascuno, va bene; ma non l'amore paterno; a ciascun figliuolo un padre dà tutto quello di cui è capace. E s'io peno adesso, non peno metà per l'uno, metà per l'altro; peno per due.

- È vero, sì, quest'è vero, - ammise con un sorriso timido, pietoso e impacciato, il marito. - Ma guardi... (siamo a discorso, adesso, e facciamo tutti gli scongiuri) ma ponga il caso... non il suo, per carità, egregio signore... il caso d'un padre ch'abbia più figliuoli alla guerra: ne perde (non sia mai!) uno, gli resta l'altro almeno!

- Già, sì; e l'obbligo di vivere per quest'altro, - affermò subito, accigliato, quello. - Il che vuol dire che se a lei... non diciamo a lei, a un padre che abbia un solo figliuolo, capita il caso che questo gli muoja, se della vita lui non sa più che farsene, morto il figliuolo, se la può togliere, e addio; mentr'io, capisce? bisogna che me la tenga io, la vita, per l'altro che mi resta; e il caso peggiore dunque è sempre il mio!

- Ma che discorsi! - scattò a questo punto un altro viaggiatore, grasso e sanguigno, guardando in giro coi grossi occhi chiari acquosi e venati di sangue.

Ansimava, e pareva gli dovessero schizzar fuori, quegli occhi, dalla interna violenza affannosa d'una vitalità esuberante, che il corpaccio disfatto non riusciva più a contenere. Si pose una manona sformata davanti la bocca, come assalito improvvisamente dal pensiero dei due denti che gli mancavano; ma poi, tanto non ci pensò più e seguitò a dire, sdegnato:

- O che i figliuoli li facciamo per noi?

Gli altri si sporsero a guardarlo, costernati. Il primo, quello che aveva il figlio al fronte fin dal primo giorno della guerra, sospirò:

- Eh, per la patria, già...

- Eh, - rifece il viaggiatore grasso, - caro signore, se lei dice così, per la patria, può parere una smorfia!

Figlio mio, t'ho partorito

per la patria e non per me...

Storie! Quando? Ci pensa lei alla patria, quando le nasce un figliuolo? Roba da ridere! I figliuoli vengono, non perché lei li voglia, ma perché debbono venire; e si pigliano la vita; non solo la loro, ma anche la nostra si pigliano. Questa è la verità. E siamo noi per loro; mica loro per noi. E quand'hanno vent'anni... ma pensi un po', sono tali e quali eravamo io e lei quand'avevamo vent'anni. C'era nostra madre; c'era nostro padre; ma c'erano anche tant'altre cose, i vizii, la ragazza, le cravatte nuove, le illusioni, le sigarette, e anche la patria, già, a vent'anni, quando non avevamo figliuoli; la patria che, se ci avesse chiamati, dica un po', non sarebbe stata per noi sopra a nostro padre, sopra a nostra madre? Ne abbiamo cinquanta, sessanta, ora, caro lei: e c'è pure la patria, sì; ma dentro di noi, per forza, c'è anche più forte l'affetto per i nostri figliuoli. Chi di noi, potendo, non andrebbe, non vorrebbe andare a combattere invece del proprio figliuolo? Ma tutti! E non vogliamo considerare adesso il sentimento dei nostri figliuoli a vent'anni? dei nostri figliuoli che per forza, venuto il momento, debbono sentire per la patria un affetto più grande che per noi? Parlo, s'intende, dei buoni figliuoli, e dico per forza, perché davanti alla patria, per essi, diventiamo figliuoli anche noi, figliuoli vecchi che non possono più muoversi e debbono restarsene a casa. Se la patria c'è, se è una necessità naturale la patria, come il pane che ciascuno per forza deve mangiare se non vuol morir di fame, bisogna che qualcuno vada a difenderla, venuto il momento. E vanno essi, a vent'anni, vanno perché debbono andare e non vogliono lagrime. Non ne vogliono perché, anche se muojono, muojono infiammati e contenti. (Parlo sempre, s'intende, dei buoni figliuoli!) Ora, quando si muore contenti, senz'aver veduto tutte le brutture, le noje, le miserie di questa vitaccia che avanza, le amarezze delle disillusioni, o che vogliamo di più? Bisogna non piangere, ridere... o come piango io, sissignori, contento, perché mio figlio m'ha mandato a dire che la sua vita - la sua, capite? quella che noi dobbiamo vedere in loro, e non la nostra - la sua vita lui se l'era spesa come meglio non avrebbe potuto, e che è morto contento, e che io non stessi a vestirmi di nero, come difatti lor signori vedono che non mi sono vestito.

Scosse, così dicendo, la giacca chiara, per mostrarla; le labbra livide sui denti mancanti gli tremavano; gli occhi, quasi liquefatti, gli sgocciolavano; e terminò con due scatti di riso che potevano anche esser singhiozzi.

- Ecco... ecco.

Da tre mesi quella madre, lì nascosta sotto la mantiglia, cercava in tutto ciò che il marito e gli altri le dicevano per confortarla e indurla a rassegnarsi, una parola, una parola sola che, nella sordità del suo cupo dolore, le destasse un'eco, le facesse intendere come possibile per una madre la rassegnazione a mandare il figlio, non già alla morte, ma solo a un probabile rischio di vita. Non ne aveva trovata una, mai, tra le tante e tante che le erano state dette. Aveva ritenuto perciò che gli altri parlavano, potevano parlare a lei così, di rassegnazione e di conforto, solo perché non sentivano ciò che sentiva lei.

Le parole di questo viaggiatore, adesso, la stordirono, la sbalordirono. Tutt'a un tratto comprese che non già gli altri non sentivano ciò che ella sentiva; ma lei, al contrario, non riusciva a sentire qualcosa che tutti gli altri sentivano e per cui potevano rassegnarsi, non solo alla partenza, ma ecco, anche alla morte del proprio figliuolo.

Levò il capo, si tirò su dall'angolo della vettura ad ascoltare le risposte che quel viaggiatore dava alle interrogazioni dei compagni sul quando, sul come gli fosse morto quel figliuolo, e trasecolò, le parve d'esser piombata in un mondo ch'ella non conosceva, in cui s'affacciava ora per la prima volta, sentendo che tutti gli altri non solo capivano, ma ammiravano anzi quel vecchio e si congratulavano con lui che poteva parlare così della morte del figliuolo.

Se non che, all'improvviso, vide dipingersi sul volto di quei cinque viaggiatori lo stesso sbalordimento che doveva esser sul suo, allorquando, proprio senza che ella lo volesse, come se veramente non avesse ancora inteso né compreso nulla, saltò su a domandare a quel vecchio:

- Ma dunque... dunque il suo figliuolo è morto?

Il vecchio si voltò a guardarla con quegli occhi atroci, smisuratamente sbarrati. La guardò, la guardò e tutt'a un tratto, a sua volta, come se soltanto adesso, a quella domanda incongruente, a quella meraviglia fuor di posto, comprendesse che alla fine, in quel punto, il suo figliuolo era veramente morto per lui, s'arruffò, si contraffece, trasse a precipizio il fazzoletto dalla tasca e, tra lo stupore e la commozione di tutti, scoppiò in acuti, strazianti, irrefrenabili singhiozzi.

UN CAVALLO NELLA LUNA

Di settembre, su quell'altipiano d'aride argille azzurre, strapiombante franoso sul mare africano, la campagna già riarsa dalle rabbie dei lunghi soli estivi, era triste: ancor tutta irta di stoppie annerite, con radi mandorli e qualche ceppo centenario d'olivo saraceno qua e là. Tuttavia fu stabilito che i due sposi vi passassero almeno i primi giorni della luna di miele, in considerazione dello sposo.

Il pranzo di nozze, preparato in una sala dell'antica villa solitaria, non fu davvero una festa per i convitati.

Nessuno di essi riuscì a vincere l'impaccio, ch'era piuttosto sbigottimento, per l'aspetto e il contegno di quel giovanotto grasso, appena ventenne, dal volto infocato, che guardava qua e là coi piccoli occhi neri, lustri, da pazzo, e non intendeva più nulla, e non mangiava e non beveva e diventava di punto in punto più pavonazzo, quasi nero.

Si sapeva che, preso d'un amor forsennato, per colei che ora gli sedeva accanto, sposa, aveva fatto pazzie, fino al punto di tentare di uccidersi: lui, ricchissimo, unico erede dell'antico casato dei Berardi, per una che, dopo tutto, non era altro che la figlia d'un colonnello di fanteria, venuto col reggimento da un anno in Sicilia. Ma il signor colonnello, mal prevenuto contro gli abitanti dell'isola, non avrebbe voluto accondiscendere a quelle nozze, per non lasciare là, come tra selvaggi, la figliuola.

Lo sbigottimento per l'aspetto e il contegno dello sposo cresceva nei convitati, quanto più essi avvertivano il contrasto con l'aria della giovanissima sposa. Era una vera bambina ancora, vispa, fresca, aliena: e pareva si scrollasse sempre d'addosso ogni pensiero fastidioso con certi scatti d'una vivacità piena di grazia, ingenua e furba nello stesso tempo. Furba però, come d'una birichina ancora ignara di tutto. Orfana, cresciuta fin dall'infanzia senza mamma, appariva infatti chiaramente che andava a nozze affatto impreparata. Tutti, a un certo punto, finito il pranzo, risero e si sentirono gelare a un'esclamazione di lei, rivolta allo sposo:

- Oh Dio, Nino, ma perché fai codesti occhi piccoli piccoli? Lasciami... no, scotti! Perché ti scottano così le mani? Senti, senti, papà, come gli scottano le mani. Che abbia la febbre?

Tra le spine, il colonnello affrettò la partenza dei convitati dalla campagna. Ma sì, per togliere quello spettacolo che gli pareva indecente. Presero tutti posto in sei vetture. Quella dove il colonnello sedette accanto alla madre dello sposo, anch'essa vedova, andando a passo per il viale, rimase un po' indietro, perché i due sposi, lei di qua, lui di là, con una mano nella mano del padre e della madre, vollero seguirla per un tratto a piedi, fino all'imboccatura dello stradone che conduceva alla città lontana. Qua il colonnello si chinò a baciar sul capo la figliuola; tossì, borbottò:

- Addio, Nino.

- Addio, Ida, - rise di là la madre dello sposo; e la carrozza s'avviò di buon trotto per raggiungere le altre dei convitati.

I due sposi rimasero per un pezzo a seguirla con gli occhi. La seguì la sola Ida veramente, perché Nino non vide nulla, non sentì nulla, con gli occhi fissi alla sposa rimasta lì, sola con lui finalmente, tutta, tutta sua. Ma che? Piangeva?

- Il babbo, - disse Ida, agitando con la mano il fazzoletto in saluto. - Là, vedi? Anche lui...

- Ma tu no, Ida... Ida mia... - balbettò, singhiozzò quasi, Nino, facendo per abbracciarla, tutto tremante.

Ida lo scostò.

- No, lasciami, ti prego.

- Voglio asciugarti gli occhi...

- Ma no, caro, grazie: me li asciugo da me.

Nino rimase lì, goffo, a guardarla, con un viso pietoso, la bocca semiaperta. Ida finì d'asciugarsi gli occhi; poi:

- Ma che hai? - gli domandò. - Tu tremi tutto. Dio, no, Nino: non mi star davanti così! Mi fai ridere. E non la finisco più, bada, se mi metto a ridere. Aspetta, ti sveglio.

Gli posò lievemente le mani sulle tempie e gli soffiò su gli occhi. Al tocco di quelle dita, all'alito di quelle labbra, egli si sentì mancar le gambe; fu per cadere in ginocchio; ma lei lo sostenne, scoppiando in una risata fragorosa:

- Su lo stradone? Sei matto? Andiamo, andiamo! Là, guarda: a quella collinetta là! Si vedranno ancora le carrozze. Andiamo a vedere!

E lo trascinò via per un braccio, impetuosamente.

Da tutta la campagna intorno, ove tante erbe e tante cose sparse da tempo erano seccate, vaporava nella calura quasi un alido antico, denso, che si mescolava coi tepori grassi del fimo fermentante in piccoli mucchi sui maggesi, e con le fragranze acute dei mentastri ancor vivi e delle salvie. Quell'alito denso, quei grassi tepori, queste fragranze pungenti, li avvertiva lui solo. Ida dietro le spesse siepi di fichidindia, tra gli irti ciuffi giallicci delle stoppie bruciate, sentiva, invece, correndo, come strillavano gaje al sole le calandre, e come, nell'afa dei piani, nel silenzio attonito, sonava da lontane aje, auguroso, il canto di qualche gallo; si sentiva investire, ogni tanto, dal fresco respiro refrigerante che veniva dal mare prossimo a commuover le foglie stanche, già diradate e ingiallite, dei mandorli, e quelle fitte, aguzze e cinerulee degli olivi.

Raggiunsero presto la collinetta; ma egli non si reggeva più, quasi cascava a pezzi, dalla corsa; volle sedere; tentò di far sedere anche lei, lì accanto, tirandola per la vita. Ma Ida si schermì:

- Lasciami guardare, prima.

Cominciava a essere inquieta, entro di sé. Non voleva mostrarlo. Irritata da certe curiose ostinazioni di lui, non sapeva, non voleva star ferma; voleva fuggire ancora, allontanarsi ancora; scuoterlo, distrarlo e distrarsi anche lei, finché durava il giorno.

Di là dalla collina si stendeva una pianura sterminata, in un mare di stoppie, nel quale serpeggiavano qua e là le nere vestigia della debbiatura, e qua e là anche rompeva l'irto giallore qualche cespo di cappero o di liquirizia. Laggiù laggiù, quasi all'altra riva lontana di quel vasto mare giallo, si scorgevano i tetti d'un casale tra alte pioppe nere.

Ebbene, Ida propose al marito d'arrivare fin là, fino a quel casale. Quanto ci avrebbero messo? Un'ora, poco più. Erano appena le cinque. Là, nella villa, i servi dovevano ancora sparecchiare. Prima di sera sarebbero stati di ritorno.

Cercò d'opporsi Nino, ma ella lo tirò su per le mani, lo fece sorgere in piedi, e poi via di corsa per il breve pendio di quella collinetta e quindi per quel mare di stoppie, agile e svelta come una cerbiatta. Egli, non facendo a tempo a seguirla, sempre più rosso, e come intronato, sudato, ansava, correndo, la chiamava, voleva una mano:

- Almeno la mano! almeno la mano! - andava gridando.

A un tratto ella si fermò dando un grido. Le si era levato davanti uno stormo di corvi, gracchiando. Più là, steso per terra, era un cavallo morto. Morto? No, no, non era morto: aveva gli occhi aperti. Dio, che occhi! Uno scheletro, era. E quelle costole! quei fianchi!

Nino sopravvenne, stronfiando, arrangolato:

- Andiamo... subito, via! Ritorniamo indietro!

- È vivo, guarda! - gridò Ida, con ribrezzo e pietà. - Leva la testa... Dio, che occhi! guarda, Nino!

- Ma sì, - fece lui, ancora ansimante. - Son venuti a buttarlo qua. Lascia; andiamocene! Che gusto? Non senti che già l'aria...

- E quei corvi? - esclamò lei con un brivido d'orrore. - Quei corvi se lo mangiano vivo?

- Ma, Ida, per carità! - pregò lui a mani giunte.

- Nino, basta! - gli gridò allora lei, al colmo della stizza nel vederlo così supplice e melenso. - Rispondi: se lo mangiano vivo?

- Che vuoi che sappia io, come se lo mangiano. Aspetteranno...

- Che muoja qui, di fame, di sete? - riprese ella, col volto tutto strizzato dalla compassione e dall'orrore. - Perché è vecchio? perché non serve più? Ah, povera bestia! che infamia! che infamia! Ma che cuore hanno codesti villani? che cuore avete voi qua?

- Scusami, - diss'egli, alterandosi, - tu senti tanta pietà per una bestia...

- Non dovrei sentirne?

- Ma non ne senti per me!

- E che sei bestia tu? che stai morendo forse di fame e di sete, tu, buttato in mezzo alle stoppie? Senti... oh guarda i corvi, Nino, su... guarda... fanno la ruota. Oh che cosa orribile, infame, mostruosa. Guarda... oh, povera bestia... prova a rizzarsi! Nino, si muove... forse può ancora camminare... Nino, su, ajutiamola... smuoviti!

- Ma che vuoi che gli faccia io? - proruppe egli, esasperato. - Me lo posso trascinare dietro? caricarmelo su le spalle? Ci mancava il cavallo, ci mancava! Come vuoi che cammini? Non vedi che è mezzo morto?

- E se gli facessimo portare da mangiare?

- E da bere, anche!

- Oh, come sei cattivo, Nino! - disse Ida con le lagrime agli occhi.

E si chinò, vincendo il ribrezzo, a carezzare con la mano, appena appena, la testa del cavallo che s'era tirato su a stento da terra, ginocchioni su le due zampe davanti, mostrando pur nell'avvilimento di quella sua miseria infinita un ultimo resto, nel collo e nell'aria del capo, della sua nobile bellezza.

Nino, fosse per il sangue rimescolato, fosse per il dispetto acerrimo, o fosse per la corsa e per il sudore, si sentì all'improvviso abbrezzare, stolzò e si mise a battere i denti, con un tremore strano di tutto il corpo; si tirò su istintivamente il bavero della giacca e, con le mani in tasca, cupo, raffagottato, disperato, andò a sedere discosto, su una pietra.

Il sole era già tramontato. Si udivano da lontano le sonagliere di qualche carro che passava laggiù per lo stradone.

Perché batteva i denti così? Eppure la fronte gli scottava e il sangue gli frizzava per le vene e le orecchie gli rombavano. Gli pareva che sonassero tante campane lontane. Tutta quell'ansia, quello spasimo d'attesa, la freddezza capricciosa di lei, quell'ultima corsa, e quel cavallo ora, quel maledetto cavallo... oh Dio, era un sogno? un incubo nel sogno? era la febbre? Forse un malanno peggiore. Sì! Che bujo, Dio, che bujo! O gli s'era anche intorbidata la vista? E non poteva parlare, non poteva gridare. La chiamava: «Ida! Ida!» ma la voce non gli usciva più dalla gola arsa e quasi insugherita.

Dov'era Ida? Che faceva?

Era scappata al lontano casale a chiedere ajuto per quel cavallo, senza pensare che proprio i contadini di là avevano trascinato qua la bestia moribonda.

Egli rimase lì, solo, a sedere sulla pietra, tutto in preda a quel tremore crescente; e, curvo, tenendosi tutto ristretto in sé, come un grosso gufo appollajato, intravide a un tratto una cosa che gli parve... ma sì, giusta, ora, per quanto atroce, per quanto come una visione d'altro mondo. La luna. Una gran luna che sorgeva lenta da quel mare giallo di stoppie. E, nera, in quell'enorme disco di rame vaporoso, la testa inteschiata di quel cavallo che attendeva ancora col collo proteso; che avrebbe atteso sempre, forse, così nero stagliato su quel disco di rame, mentre i corvi, facendo la ruota, gracchiavano alti nel cielo.

Quando Ida, disillusa, sdegnata, sperduta per la pianura, gridando: - Nino! Nino! - ritornò, la luna s'era già alzata; il cavallo s'era riabbattuto, come morto; e Nino... - dov'era Nino? Oh, eccolo là, per terra anche lui.

Si era addormentato là?

Corse a lui. Lo trovò che rantolava, con la faccia anche lui a terra, quasi nera, gli occhi gonfi serrati, congestionato.

- Oh Dio!

E si guardò attorno, quasi svanita; aprì le mani, ove teneva alcune fave secche portate da quel casale per darle a mangiare al cavallo; guardò la luna, poi il cavallo, poi qua per terra quest'uomo come morto anche lui; si sentì mancare, assalita improvvisamente dal dubbio che tutto quello che vedeva non fosse vero; e fuggì atterrita verso la villa, chiamando a gran voce il padre, il padre che se la portasse via, oh Dio! via da quell'uomo che rantolava... chi sa perché! via da quel cavallo, via da sotto quella luna pazza, via da sotto quei corvi che gracchiavano nel cielo... via, via, via...

RESTI MORTALI

Disperazione dei nipoti, che pur gli dovevano volere un gran bene se, dopo che s'era spogliato per loro di tutto il suo, ancora avevano tanta sopportazione di lui, il signor Federico Biobin (zio Fifo, come lo chiamavano) si alzava col lume, e subito, zitto zitto, piccolino com'era di statura, col testoncino a pera che gli lustrava, calvo fino alla nuca, una ventina di duri peluzzi ritinti, dieci per parte drizzati sul musetto da topo, si metteva a frugolare per casa, sorsando, soffiando, dando smusatine, come per tenere in continuo esercizio d'esplorazione il naso puntuto, le labbra armate di quei venti spunzoncini; finché all'improvviso tutta la casa non sobbalzava dal sonno o per un rovinio di scodelle dalla piattaja in cucina o di casse che crollavano a catafascio nel ripostiglio. Accorrevano tutti, chi in camicia, chi in pigiama, chi in sottana.

- Zio, che hai fatto? che è stato?

Dava le risposte più inaspettate:

- Niente: sento puzza di mobili vecchi.

Ma come se tutto quel fracasso non l'avesse fatto lui e non l'avesse nemmeno sentito, e placido e un po' seccato parlasse ancora dal silenzio che c'era prima nella casa.

Non lasciava giorno, senza che ne facesse una. E il bello si era che i fastidi che dava, i dispetti che faceva, per cui le budella ai nipoti, alle serve, si ritorcevano dentro come una fune, lui li chiamava servizi. Capace di stare giornate sane in cucina a ritagliare e tentar d'incollare striscioline di carta per medicare un vetro rotto della finestra a usciale che dava su una specie di ballatojo, dov'era puzzolentissimo il casottino del cesso. La cuoca si dannava.

- Ma lei che sente la puzza dei mobili vecchi, o non la sente codesta del cesso?

Non la sentiva, quella; e seguitava, sorsando, soffiando, smusando, a tentare d'incollare quelle striscioline di carta.

E ora eccolo giù in giardino, infuriato contro un'ala del cancello che, interrata, non voleva più andare né avanti né indietro. Illividito dalla congestione e con le vene del cranio che gli scoppiavano, dava certe scrollate che le braccia, appena i ferri del cancello brandivano in contrasto, pareva gli si dovessero staccar nette dal busto. I nipoti gli gridavano dalle finestre:

- Smettila, zio! Non vedi che non s'apre?

- La smetto? O io l'apro, o ci crepo!

Non l'apriva e non ci crepava: veniva su, tutto slogato, in un bagno di sudore, presentando le manine ridotte una pietà, perché gli fossero unte d'olio e fasciate.

Quando poi era stanco di farne ai suoi di casa, usciva e si metteva a far dispetti alla gente per via: per esempio, certe giornate che pioveva a dirotto, andando a pigliarsi apposta sull'ombrello lo sgrondo di tutte le case, con un'aria così parlante di farlo per dispetto, che veniva la tentazione a chi gli passava accanto di strapparlo per un braccio accosto al muro. Il piacere maligno, che sotto sotto ne provava, gli faceva arricciare agli angoli il labbro con tutti quei suoi venti peluzzi irti, quasi in un digrignamento appena percettibile, di cagnolino bizzoso.

L'ultimo fu quello della spolverina grigia d'alpagà, comperata per veste da camera, quando i nipoti, ridendo della compera, gli fecero notare ch'era una spolverina da viaggio, quella.

- Da viaggio? E allora parto!

- Parti? Dove vai?

- A Bergamo, da Ernesto, a salutarlo prima che vada a Genova a imbarcarsi per l'America.

Non ci fu verso di rimuoverlo più da quel ticchio di partire lì per lì. Anzi, che la sua visita per quel povero Ernesto dovesse essere un gravissimo imbarazzo piuttosto che un piacere nel trambusto in cui doveva trovarsi alla vigilia di salpar per l'America: ragione di più. E che il medico gli avesse ordinato di star tranquillo e non strapazzarsi per la sclerosi cardiaca di cui era affetto: ragione di più, anche questa. Voleva morire! Ma come, a Bergamo? morire a Bergamo, mentre Ernesto vi spiantava la casa? Sissignori, morire a Bergamo, nella casa spiantata.

Partì con quella spolverina grigia; e purtroppo la minaccia di quel pericolo che i nipoti di Roma, senza punto crederci, gli avevano fatto balenare per trattenerlo, s'avverò. La notizia fulminea della morte di zio Fifo lo stesso giorno che arrivò a Bergamo, lasciò quasi basiti i nipoti di Roma per il fatto che, pur senza crederci, l'avevano preveduta; e che, pur avendola preveduta, per quel non crederci, avessero lasciato partire lo zio.

Di quest'ultimo dispetto ai nipoti lontani e dell'altro ancor più acerbo al nipote vicino, là a Bergamo, zio Fifo, in mezzo alla confusione della casa tutta sossopra per lo sgombero, stecchito sul lettino di ferro, con la sua brava spolverina grigia da cui spuntavano i due piedini giunti, più che soddisfatto, pareva ora felicissimo.

Tra gli altri mobili della camera scostati dalle pareti e fuori di posto, comodissimo comodissimo ci stava lui, su quel lettino di ferro che nessuno, finché ci stava lui, avrebbe potuto toccare, coi quattro ceri accesi, due da capo, due da piedi; le manine intrecciate sul ventre che gli s'era un po' gonfiato.

Pareva proprio che sorridesse, sornione, con gli occhi chiusi e quei venti spunzoncini ancora drizzati sul musetto da topo.

Difatti, il compito di venire a morire a Bergamo per maggior ristoro del nipote Ernesto in partenza per l'America, lui lo aveva assolto; ora toccava agli altri quello di rimuoverlo di lì, o per seppellirlo nel cimitero di Bergamo o per rispedirlo a Roma se lo volevano là nella tomba di famiglia.

Stimò più sbrigativo il nipote Ernesto rispedirlo a Roma e lasciare ai cugini la cura e il resto delle spese per i funerali all'arrivo: aveva i minuti contati; sarebbe arrivato a Genova appena in tempo per imbarcarsi. Malauguratamente però, nel fare la spedizione, credette che l'uso della frase «resti mortali» invece della cruda parola «cadavere» fosse lecito, com'era certo più gentile e pietoso; e se ne volle servire, forse a compensare il povero zio di tutte le imprecazioni che gli aveva scagliate per esser venuto a buttarglisi morto tra i piedi in un frangente come quello.

Ora ai nipoti di Roma venuti alla stazione a ricevere il feretro con molte corone di fiori e un magnifico carro funebre di prima classe a quattro cavalli e più d'un centinajo d'amici e conoscenti e rappresentanze di sodalizi con labari e bandiere e il parroco per la benedizione alla salma e due belle file di monache e chierici con le candele in mano; appunto per l'uso gentile e pietoso di quella frase, l'ufficiale di dogana presentò una bolletta gravata da una multa di parecchie migliaja di lire. - Multa? E perché?

- Falso in denunzia.

- Falso? Che falso?

- Ma credono lor signori, che si possa impunemente denunziare un feretro come resti mortali? I resti mortali sono un conto: un mucchietto d'ossa e di cenere in una cassettina di latta; e pagano per tali, secondo una loro tariffa. Un feretro è un altro conto. Per quanto piccolo, bisogna che paghi come feretro. Altra tariffa.

Protestarono i nipoti che intenzione di frode nel cugino Ernesto non poteva esserci stata; ma, anche ammesso e non concesso che ci fosse stata, la multa, se mai, doveva pagarla chi aveva spedito e non chi riceveva. Erano pronti a pagare il di più della spesa, secondo la tariffa, trattandosi realmente di un feretro e non di resti mortali (benché la distinzione potesse parere a prima giunta sofistica); ma, a ogni modo, la multa no, no e no.

Non avevano nessuna colpa, loro. Il cugino Ernesto era partito per l'America, e responsabile dello sbaglio (non diciamo frode, per carità!) restava allora l'ufficio di spedizione alla dogana di Bergamo che s'era ricevuto a occhi chiusi e aveva «inoltrato» come resti mortali un feretro intero. Per placare il capo-stazione chiamato a dare man forte all'ufficiale di dogana, i nipoti si mostrarono disposti a scusare, del resto, anche l'ufficio di spedizione della dogana di Bergamo, informando che il cugino

Ernesto doveva aver spedito in quei giorni chi sa quanti colli, per cui sapendosi in città ch'egli era sul punto di lasciare l'Italia per sempre, quell'ufficiale di dogana, addetto alla spedizione, facilmente aveva potuto supporre che spedisse anche i resti mortali di qualche parente sepolto da tempo nel cimitero di Bergamo, per non lasciarli colà. La colpa, in questo caso, si riduceva soltanto a una mancata verifica. Gli volevano far pagare la multa per questo? Ecco, ma a lui sempre, la multa, se mai; mica a loro che non c'entravano né punto né poco.

Mentre così si discuteva nell'ufficio di dogana, fuori nello spiazzale quelli ch'eran venuti per l'accompagnamento funebre vestiti di nero e in tubino, s'erano ritratti e impalati in fila, gomito a gomito, a ridosso al muro, per ripararsi da un terribile sole d'agosto, prossimo al meriggio. C'era a mala pena, lungo quel muro, un filo d'ombra che non arrivava a riparare fino alla punta neanche i piedi; e davanti, tutte le cose, a quella vampa di sole, abbarbagliavano. Così tutti impalati, con gli occhi fuori del capo, guardavano l'enorme carro funebre, rimasto in mezzo allo spiazzale, là, ferocemente nero e dorato, e pareva ne avessero un formidabile incubo, come di quelle monache che se ne stavano impassibili, a occhi bassi, così infagottate in quelle loro tonache di pesantissimo panno marrone, con quel cappuccetto nero a capanna in capo, tutte bene appettate sotto il modestino bianco insaldato, e le candele accese in mano. Dio, quelle candele, la cui fiamma nel sole non si vedeva, e se ne vedeva invece il fumighio tremolante! Ma che avveniva? Perché non portavano il feretro? Che s'aspettava? Alcuni, più impazienti, andarono a sentire; poi a poco a poco, tutti, tranne il cocchiere sul carro funebre, le monache, i chierici e i portatori dei labari e delle bandiere, entrarono nel fresco delizioso dell'ufficio della dogana, ch'era un alto e vasto magazzino ingombro tutt'intorno alle pareti di casse rammontate e di balle e di colli.

Vi rintronavano i gridi della contesa tra i nipoti del morto da una parte, e il capo-stazione e gli ufficiali di dogana dall'altra. Gli animi s'erano accesi. Il capo-stazione era irremovibile: o pagare la multa, o niente feretro! Il maggiore dei nipoti, furibondo, minacciava che glielo avrebbero lasciato lì. Non era mica merce, un morto, che si potesse rivendere all'asta! Volevano vedere che cosa il capo-stazione se ne farebbe! E il capo-stazione sghignazzava e rispondeva che, chiestane licenza a chi di dovere, lo avrebbe mandato a seppellire con due facchini; e che poi a far pagare le spese e la tariffa e la multa ci avrebbero pensato con comodo gli uscieri. Un fremito d'indignazione accolse questa risposta e allora l'altro nipote, confortato dal consenso di tutti, lo diffidò dal farlo: avrebbe chiamato responsabile l'amministrazione dei danni morali e materiali, perché non era mica un cane il loro zio da esser mandato a seppellire in quel modo; c'erano là centinaja di persone venute a rendergli i meritati onori funebri, labari e bandiere di sodalizi, un carro di prima classe, un santo sacerdote, monache e chierici con più di quaranta candele!

E i due nipoti, rossi come gamberi, con le camice bianche che, nello scompiglio dell'esagitazione, strabuzzavano loro dalle maniche nere e perfino di sotto il panciotto, tutti tremanti per lo sfogo violento e piangenti dalla rabbia, furono condotti via.

Ora quell'incubo di carro funebre che se n'andava vuoto e traballante, diretto alla rimessa, e quelle monache e quei chierici che capovolgevano le candele per smorzarle in terra, diedero a tutti, anche ai nipoti, in quell'animazione insolita, un senso di leggerezza, come se zio Fifo, mandato a monte il funerale, non fosse più morto.

Ma si poteva veramente dir morto zio Fifo, se seguitava a fare con tanta pervicacia ciò che aveva sempre fatto in vita: dispetti a tutti?

So bene che non s'è mai dato il caso che un morto si sia staccate le mani dal petto per cacciarsi una mosca dal naso; ma per zio Fifo riparato dalla doppia cassa di zinco e di noce, là sotto gli occhi del capo-stazione rimasto solo nel magazzino della dogana a grattarsi la testa, mi par proprio lecito immaginare che se le sia staccate davvero, quelle sue gracili manine dal petto, per darsi contentone una bella stropicciatina.

PAURA D'ESSER FELICE

Prima che Fabio Feroni, non più assistito dal senno antico, si fosse indotto a prender moglie, per lunghi anni, mentre gli altri cercavano un po' di svago dalle consuete fatiche o in qualche passeggiata o nei caffè, da uomo solitario com'era allora, aveva trovato il suo spasso nel terrazzino della vecchia casa di scapolo, ove, tra tanti vasi di fiori, eran pur mosche assai e ragni e formiche e altri insetti, della cui vita s'interessava con amore e curiosità.

Soprattutto si spassava assistendo agli sforzi sconnessi d'una vecchia tartaruga, la quale da parecchi anni s'ostinava, testarda e dura, a salire il primo dei tre gradini per cui da quel terrazzo si andava alla saletta da pranzo.

«Chi sa», aveva pensato più volte il Feroni, «chi sa quali delizie s'immagina di trovare in quella saletta, se da tant'anni dura questa sua ostinazione.»

Riuscita con sommo stento a superare l'alzata dello scalino, quando già poneva su l'orlo della pedata le zampette sbieche e raspava disperatamente per tirarsi su, tutt'a un tratto perdeva l'equilibrio, ricadeva giù riversa su la scaglia rocciosa.

Più d'una volta il Feroni, pur sicuro che essa, se alla fine avesse superato il primo, poi il secondo, poi il terzo scalino, fatto un giro nella saletta da pranzo, avrebbe voluto ritornare giù al battuto del terrazzo, l'aveva presa e delicatamente posata sul primo scalino, premiando così la vana ostinazione di tanti anni.

Ma aveva con maraviglia sperimentato che la tartaruga, o per paura o per diffidenza, non aveva voluto mai profittare di quell'ajuto inatteso e, ritratte la testa e le zampe dentro la scaglia, se n'era per un gran pezzo rimasta lì come pietra, e poi, pian piano voltandosi, s'era rifatta all'orlo dello scalino, dando segni non dubbii di volerne discendere.

E allora egli l'aveva rimessa giù; ed ecco poco dopo la tartaruga riprender l'eterna fatica di salir da sé quel primo scalino.

- Che bestia! - aveva esclamato il Feroni, la prima volta.

Ma poi, riflettendoci meglio, s'era accorto d'aver detto bestia a una bestia, come si dice bestia a un uomo.

Infatti, le aveva detto bestia, non già perché in tanti e tanti anni di prova essa ancora non aveva saputo farsi capace che, essendo troppo alta l'alzata di quello scalino, per forza, nell'aderirvi tutta verticalmente, avrebbe dovuto a un punto perder l'equilibrio e cader riversa; ma perché, ajutata da lui, aveva rifiutato l'ajuto.

Che seguiva però da questa riflessione? Che, dicendo in questo senso bestia a un uomo, si viene a fare alle bestie una gravissima ingiuria, perché si viene a scambiare per stupidità quella che invece è probità in loro o prudenza istintiva. Bestia, si dice a un uomo che non accetta l'ajuto, perché non par lecito pregiare in un uomo quella che nelle bestie è probità.

Tutto questo in generale.

Il Feroni poi aveva ragioni sue particolari di recarsi a dispetto quella probità, o prudenza che fosse, della vecchia tartaruga, e per un po' si compiaceva delle ridicole e disperate spinte ch'essa tirava nel vuoto così riversa, e alla fine, stanco di vederla soffrire, le soleva allungare un solennissimo calcio.

Mai, mai nessuno che avesse voluto dare a lui una mano in tutti i suoi sforzi per salire.

E tuttavia, neppure di questo si sarebbe in fondo doluto molto Fabio Feroni, conoscendo le aspre difficoltà dell'esistenza e l'egoismo che ne deriva agli uomini, se nella vita non gli fosse toccato di fare un'altra ben più triste esperienza, per la quale gli pareva d'aver quasi acquistato un diritto, se non proprio all'aiuto, almeno alla commiserazione altrui.

E l'esperienza era questa: che, ad onta di tutte le sue diligenze, sempre, com'egli era proprio lì lì per raggiunger lo scopo a cui per tanto tempo aveva teso con tutte le forze dell'anima, accorto, paziente e tenace, sempre il caso con lo scatto improvviso d'un saltamartino, s'era divertito a buttarlo riverso a pancia all'aria - proprio come quella tartaruga lì.

Giuoco feroce. Una ventata, un buffetto, una scrollatina, sul più bello, e giù tutto.

Né era da dire che le sue cadute improvvise meritassero scarsa commiserazione per la modestia delle sue aspirazioni. Prima di tutto, non sempre, come in questi ultimi tempi, erano state modeste le sue aspirazioni. Ma poi... - sì, certo, quanto più dall'alto, tanto più dolorose, le cadute - ma quella d'una formica da uno sterpo alto due palmi non vale agli effetti quella d'un uomo da un campanile? Oltre che la modestia delle aspirazioni, se mai, avrebbe dovuto far giudicare più crudele quel giochetto della sorte. Bel gusto, difatti, prendersela con una formica, cioè con un poveretto che da anni e anni stenta e s'industria in tutti i modi a tirar su e ad avviare tra ripieghi e ripari un piccolo espediente per migliorare d'un poco la propria condizione; sorprenderlo a un tratto e frustrare in un attimo tutti i sottili accorgimenti, la lunga pena d'una speranza pian pianino condotta quasi per un filo sempre più tenue a ridursi a effetto!

Non sperare più, non più illudersi, non desiderare più nulla; andare innanzi così, in una totale remissione, abbandonato alla discrezione della sorte - l'unica sarebbe stata questa: lo capiva bene Fabio Feroni. Ma, ahimè, speranze e desiderii e illusioni gli rinascevano, quasi a dispetto, irresistibilmente: erano i germi che la vita stessa gettava e che cadevano anche nel suo terreno, il quale, per quanto indurito dal gelo dell'esperienza, non poteva non accoglierli, impedire che mettessero una pur debole radice e sorgessero pallidi, con timidità sconsolata nell'aria cupa e diaccia della sua sconfidenza.

Tutt'al più, poteva fingere di non accorgersene; o anche dire a se stesso che non era mica vero ch'egli sperava questo, desiderava quest'altro; o che si faceva la più piccola illusione che quella speranza o quel desiderio potessero mai ridursi a effetto. Tirava via, proprio come se non sperasse né desiderasse più nulla, proprio come se non s'illudesse più per niente; ma pur guardando, quasi con la coda dell'occhio, la speranza, il desiderio, l'illusione soppiatta, e seguendoli serio serio, quasi di nascosto da se stesso.

Quando poi il caso, all'improvviso, immancabilmente, dava a essi il solito sgambetto, egli n'aveva sì un soprassalto, ma fingeva che fosse una scrollatina di spalle e rideva agro e annegava il dolore nella soddisfazione sapor d'acqua di mare di non aver punto sperato, punto desiderato, di non essersi illuso per nientissimo affatto; e che perciò quel demoniaccio del caso questa volta, eh no, questa volta non gliel'aveva fatta davvero!

- Ma si capisce! Ma si capisce! - diceva in questi momenti agli amici, ai conoscenti, suoi compagni d'ufficio, là nella biblioteca ov'era impiegato.

Gli amici lo guardavano senza comprender bene che cosa si dovesse capire.

- Ma non vedete? è caduto il Ministero! - soggiungeva il Feroni. - E si capisce!

Pareva che lui solo capisse le cose più assurde e inverosimili, da che non sperando più, per così dire, direttamente, ma coltivando per passatempo speranze immaginarie, speranze che avrebbe potuto avere e non aveva, illusioni che avrebbe potuto farsi e non si faceva, s'era messo a scoprire le più strambe relazioni di cause e d'effetti per ogni minimo che; e oggi era la caduta del Ministero, e domani la venuta dello Scià di Persia a Roma, e doman l'altro l'interruzione della corrente elettrica che aveva lasciato al bujo per mezz'ora la città.

Insomma, Fabio Feroni s'era ormai fissato in ciò che egli chiamava lo scatto del saltamartino; e, così fissato, era caduto in preda naturalmente alle più stravaganti superstizioni, che, distornandolo sempre più dalle sue antiche, riposate meditazioni filosofiche, gli avevan fatto commettere più d'una vera e propria stranezza e leggerezze senza fine.

Prese moglie, un bel giorno, lì per lì, come si beve un uovo, per non dar tempo al caso di mandargli tutto a gambe all'aria.

Veramente, egli guardava da un pezzo (al solito, con la coda dell'occhio) quella signorina Molesi, che stava presso la biblioteca: Dreetta Molesi, che più gli pareva bella e piena di grazia e più diceva a tutti ch'era brutta e smorfiosa.

Alla sposina che, avendo una gran fretta anche lei, si lamentava della troppa fretta di lui, disse che aveva già tutto pronto da tempo: la casa, così e così, che ella però non doveva chiedere di visitare avanti, perché gliela riserbava come una bella sorpresa per il giorno delle nozze; e non volle dire neppure in che via fosse, temendo che di nascosto o con la madre o col fratello andasse a visitarla, tentata dalle minuziose descrizioni ch'egli le aveva fatto di tutti i comodi ch'essa offriva e della vista che si godeva dalle finestre, e dei mobili che aveva acquistati e disposti amorosamente nelle varie camerette.

Discusse a lungo con lei sul viaggio di nozze: a Firenze? a Venezia? Ma quando fu sul punto, partì per Napoli, certo d'aver così gabbato il caso: d'averlo cioè spedito a Firenze e a Venezia da un albergo all'altro per guastargli le gioje della luna di miele, mentr'egli se le sarebbe godute, quieto e riparato, a Napoli.

Tanto Dreetta quanto i parenti rimasero storditi di questa improvvisa risoluzione di partire per Napoli, quantunque già un poco avvezzi a simili repentini cambiamenti in lui sia d'umore sia di propositi. Non s'immaginavano che una ben più grande sorpresa li aspettava al ritorno dal viaggio di nozze.

Dov'era la casetta, il nido già apparecchiato da tempo e descritto con tanta minuzia? Dov'era? Nel sogno che Fabio Feroni destinava, come tutti gli altri, al caso perché si spassasse a distruggerglielo a sua posta con qualcuna delle sue improvvise prodezze. Là, in due camerette ammobigliate, scelte lì per lì in treno, ritornando da Napoli, tra le tante disponibili negli annunzi d'affitti di un giornale, si vide condotta Dreetta appena giunta a Roma.

L'ira, l'indignazione questa volta ruppero tutti i freni finora imposti dalla buona creanza e dalla poca confidenza. Dreetta e i parenti gridarono all'inganno, anzi peggio, all'impostura. Perché mentire così? far vedere una casa apparecchiata di tutto punto, piena di tutti i comodi, perché?

Fabio Feroni, che s'aspettava quello scoppio, attese paziente che le prime furie svaporassero, sorridendo contento di quel suo martirio, e cercandosi con le dita nelle narici qualche peluzzo da tirare.

Dreetta piangeva? i parenti lo ingiuriavano? Era bene, era bene che fosse così, per tutta la gioja ch'egli aveva or ora goduta a Napoli, per tutto l'amore che gli riempiva l'anima. Era bene che fosse così.

Perché piangeva Dreetta? Per una casa che non c'era? Eh via, poco male! ci sarebbe stata!

E spiegò ai parenti perché non avesse apparecchiato avanti la casetta e perché avesse mentito; spiegò che la sua menzogna, del resto, appariva tale un po' anche per colpa loro, cioè delle troppe domande che gli avevano rivolte quand'egli sul principio aveva dichiarato d'aver tutto pronto da tempo e di voler fare alla sposina una bella sorpresa. Aveva pronto il denaro, ed eccolo lì; venti mila lire, risparmiate e raccolte in tanti anni e con tanti stenti; e la sorpresa che preparava a Dreetta era questa: di darle in mano quel denaro, perché pensasse lei, lei soltanto, a metter su il nido di suo gusto, come una necessità e non come un sogno. Ma, per carità! non seguisse ella in nulla e per nulla la descrizione immaginaria che lui gliene aveva fatta un tempo; tutto diverso doveva essere; scegliesse lei con l'ajuto della mamma e del fratello; egli non voleva saperne nulla; perché, se minimamente avesse approvato questa o quella scelta e se ne fosse compiaciuto, addio ogni cosa! E volle infine prevenirli che se speravano ch'egli delle loro compere e dell'assetto della casa e di tutto quanto si dichiarasse contento, se lo levassero pure dal capo, perché fin d'ora, a ogni modo, se ne dichiarava scontento, scontentissimo.

Fosse per questo, fosse per la cordialità dei padroni di casa, buoni vecchi all'antica, marito e moglie con una figliuola nubile, Dreetta non s'affrettò più di comporsi il nido. Rimasero d'accordo coi padroni di casa, che avrebbero sloggiato alla nascita del primo figliuolo.

Intanto i primi mesi di matrimonio furono un fiume di pianto nascosto per Dreetta, la quale, volendo vivere a modo del marito, ancora non s'era accorta ch'egli diceva tutto il contrario di quello che desiderava.

Fabio Feroni in fondo desiderava tutto ciò che avrebbe potuto far contenta la sposina; ma sapendo che, se avesse manifestato e seguito quei desiderii, il caso li avrebbe subito rovesciati, per prevenirlo, manifestava e seguiva i desiderii contrarii: e la sposina viveva infelice. Quand'ella infine se n'accorse e cominciò a fare a suo modo, cioè tutt'al contrario di quel che diceva lui, la gratitudine, l'affetto, l'ammirazione di Fabio Feroni per lei raggiunsero il colmo. Ma il pover'uomo si guardò bene dall'esprimerli; si sentì felice anche lui, e cominciò a tremarne.

Così pieno di gioja, come fare a nasconderla? a dichiararsi scontento?

E guardando la sua piccola Dreetta già incinta, gli occhi gli s'invetravano di lagrime; lagrime di tenerezza e di riconoscenza.

Negli ultimi mesi la moglie, col fratello e la mamma si diede attorno, per metter su la casetta. La trepidazione di Fabio Feroni divenne in quei giorni più che mai angosciosa. Sudava freddo a tutte le espressioni di giubilo della sposina, soddisfatta della compera di questo o di quel mobile.

- Vieni a vedere... vieni a vedere... - gli diceva Dreetta.

Con tutte e due le mani egli avrebbe voluto turarle la bocca. La gioja era troppa; quella era anzi la felicità, la vera felicità raggiunta. Non era possibile che non accadesse da un momento all'altro una disgrazia. E Fabio Feroni si mise a guardare attorno e avanti e indietro con rapidi sguardi obliqui per scoprire e prevenir l'insidia del caso, l'insidia che poteva annidarsi anche in un granellino di polvere; e si buttava con le mani a terra, gattone, per impedire il passo alla moglie se scorgeva sul pavimento qualche buccia su cui il piedino di lei avrebbe potuto smucciare. Ecco, forse l'insidia era là, in quella buccia! O forse... ma sì!, in quella gabbia lì, del canarino... Già una volta Dreetta era montata su un sediolino, col rischio di cadere, per rimetter la canapuccia nel vasetto. Via quel canarino! E alle proteste, al pianto di Dreetta, egli, tutt'arruffato, ispido, come un gatto fustigato:

- Per carità, - s'era messo a gridare, - ti prego, lasciami fare! lasciami fare!

E gli occhi sbarrati gli andavano di continuo in qua e in là, con una mobilità e una lucentezza che incutevano paura.

Finché una notte ella non lo sorprese in camicia con una candela in mano, che andava cercando l'insidia del caso entro le tazzine da caffè capovolte e allineate sul palchetto della credenza nella sala da pranzo.

- Fabio, che fai?

E lui, ponendosi un dito su la bocca:

- Ssss... zitta! Lo scovo! Ti giuro che questa volta lo scovo... Non me la fa!

Tutt'a un tratto, o fosse un topo, o un soffio d'aria, o uno scarafaggio sui piedi nudi, il fatto è che Fabio Feroni diede un urlo, un balzo, un salto da montone, e s'afferrò con le due mani il ventre gridando che lo aveva lì, lì, il saltamartino, lì dentro, lì dentro lo stomaco! E dalli a springare, a springare in camicia per tutta la casa, poi giù per le scale e poi fuori, per la via deserta, nella notte, urlando, ridendo, mentre Dreetta scarmigliata gridava ajuto dalla finestra.

VISITARE GL'INFERMI

In meno d'un'ora per tutto il paese si sparse la notizia che Gaspare Naldi era stato colpito d'apoplessia in casa del Cilento, suo amico, dal quale s'era recato per condolersi della recente morte del figliuolo.

Tutti, in prima, più che afflizione ne provarono sbigottimento e ciascuno con ansia domandò più precisi ragguagli. Ma la prima costernazione fu presto ovviata dalla riflessione confortante che il Naldi, quantunque di florido aspetto e ancor giovane, era pur dentro minato da incurabile malattia cardiaca. Sicché, via! poteva aspettarsi da un momento all'altro, poverino, una fine così.

I primi visitatori, amici e conoscenti, accorsero alla casa del Cilento ansanti, pallidi, con occhi da spiritati. - «Non è ancor morto?» - Volevano vederlo.

Porta, usci, finestre tutto spalancato. E nelle camere, fra il trambusto, pareva spirasse nell'ombra dalle poltroncine vestite di tela bianca un fresco refrigerante per chi veniva da fuori, ove il sole d'agosto ardeva fierissimo. E un odor di garofani, in quel fresco d'ombra... - ah! delizioso.

Per la scala, una frotta di curiosi, gente del vicinato, uomini, donne, ragazzi, intenti a spiare chi saliva e chi scendeva; a coglier di volo qualche notizia. Un bambino s'affannava a salire e a ridiscendere gli scalini troppo alti per lui e, reggendosi con una manina paffuta al muro, a ogni scalino, rimbalzando tutto fin nelle gote e sorridendo con la boccuccia sdentata, emetteva una vocina frale:

- E-èh!

Puteva di piscio, carinello, ma non lo sapeva.

Altri due ragazzi, giocando tra loro a piè della scala, vennero a lite; la madre allora tra gli zittii della ressa, dovette scendere e portarseli via. Li picchiò, appena fuori, stizzita di non poter assistere per causa loro a quello spettacolo.

- Ah, i figli, che croce!

Dopo l'umile saletta, un modestissimo salotto: in mezzo a questo, un letto, messo su alla meglio, tra la fretta e lo spavento.

I primi visitatori si spinsero a guardare, uno dietro l'altro, di su la soglia dell'uscio; ma non poterono vedere che le gambe del moribondo, intere fino al grosso volume paonazzo e villoso degli organi genitali; e si strinsero tra loro istintivamente dal ribrezzo che pur li attirava a guardare. Due infermieri avevano sollevato il lenzuolo da piedi, e lo reggevano alto in modo da impedir la vista del volto a chi guardasse dall'uscio.

- Ma che gli fanno? Perché? - domandò qualcuno.

Nessuno lo seppe dire. Unica risposta, di là dal lenzuolo levato, il rantolo del moribondo, che pareva si lagnasse così d'una crudele e sconcia violenza che stessero a fargli inutilmente, profittando che non si poteva più muovere.

Intanto, altri visitatori sopraggiungevano.

Un medico, il più vecchio dei tre che stavano attorno al letto, disse alla fine con voce imperiosa:

- Signori, troppi fiati qua dentro!

I visitatori si ritrassero a parlottare nell'attigua saletta, atteggiati in volto d'un cordoglio misto a una certa ambascia indefinita, guardinga.

I nuovi venuti domandavano ansiosamente notizie:

- Com'è stato? Quand'è stato?

E l'avvenimento uscì a poco a poco dal vago delle prime notizie, si precisò, forse allontanandosi dal vero. Alcuni particolari di nessuna importanza risaltarono e si dipinsero con tanta evidenza agli occhi di tutti, che ciascuno poi rifacendo il racconto, non poté più fare a meno di riferirli con le medesime parole, allo stesso punto, con la medesima espressione e lo stesso gesto: il particolare, per esempio, del bicchier d'acqua chiesto dal Naldi alla serva del Cilento nel sentirsi venir male, e che poi non poté bere.

- Ah no?

- Non poté berlo!

- Io sono venuto,- diceva Guido Póntina, ricco proprietario e assessore del Comune, - mezz'ora appena dopo il colpo.

- Ma che fece, scusi? cadde proprio a terra? - domandò il piccolo De Petri, afflitto, malaticcio, felice in quel momento di poter rivolgere la parola a un personaggio di conto come il Póntina.

- Stramazzò. Ma io lo trovai già adagiato su quella poltrona, - rispose il Póntina, rivolgendosi però agli altri.

Si voltarono tutti a guatar quella poltrona che se ne stava lì in un angolo all'ombra, vecchia, stinta, pacifica.

- Ancora, - riprese il Póntina, - i sensi non li aveva perduti. - «Animo, Gaspare!» - gli dissi. - «Vedrai che non è nulla!» - Ma lui, che non poteva più parlare, con la sinistra illesa si prese il braccio destro morto, così... e si mise a piangere.

- Il braccio soltanto... morto? - domandò un giovane biondo, molto pallido, intentissimo al racconto.

- E la gamba, si sa. Tutto il lato destro. Colpo a sinistra, paralisi a destra.

Questa cognizione medica il Póntina se la lasciò cadere dalle labbra con aria d'umile superiorità verso gli altri ascoltatori, come una cosa, oh Dio, naturalissima, ch'egli sapesse da tanto tempo: l'aveva appresa invece un momento prima dai medici, e ora se ne faceva bello con quegli ignari, allo stesso modo che dell'essere accorso tra i primi, dell'aver visto ancora sulla poltrona il Naldi, e del cenno che questi gli aveva fatto del suo braccio morto.

- Sì, era venuto questa mattina dalla campagna, - narrava in un altro crocchio vicino l'avvocato Filippo Deodati, alto, magro, diafano, fortemente miope. Parlando, in pensiero com'era sempre delle parole da usare e dell'efficacia dei gesti, intercalava a quando a quando pause sapienti, anche per dar tempo a chi l'ascoltava d'assaporare quel suo parlar dipinto. - Sapete, la sua deliziosa villa in Val Mazzara... Che aria! Sarà circa a tre chilometri da qui.

- Tre? dici quattro... no, più! più! - corresse uno degli ascoltatori, come se con quei «più! più» lo aizzasse a dir più presto.

Ma il Deodati gli sorrise e seguitò placido:

- E abbondiamo: cinque? tanto peggio! Ora figuratevi: due ore, per lo meno, sotto questo sole d'agosto... nella calura asfissiante... per lo stradone... erto così... su un baroccino tirato da un'asina vecchia!

Uno, allora, esclamò, con gesto quasi di rabbia:

- Pazzie!

- E dicono, - aggiunse subito un altro, - che, entrato in paese, fu visto da un suo parente.

- No, che parente! - corresse un terzo, come se volesse mangiarselo. - Scardi, Nicolino Scardi, perdio! Me l'ha detto lui stesso.

- Io so un parente!

- Scardi, ti dico, perdio! me l'ha detto lui stesso. Lo vide che frustava alla disperata l'asinella. Voleva raggiungere, chi sa perché, la postale di Siculiana. - «Gaspare! Gaspare!» - gli gridò anzi Nicolino. - «E piano! così t'ammazzi!» - «Lasciami correre!» - gli rispose lui. - «Mi fa bene! Mi fa bene!».

- E correva alla morte! - sospirò guardando tutti a uno a uno, un ometto calvo, panciutello, che arrivava sì e no ad afferrarsi le manocce pelose dietro la schiena.

- Fece dunque, - riprese il Deodati, - la sua visita di condoglianza al buon Cilento, per cui era salito dalla campagna. Aveva già terminato la visita... stava per andarsene... quando qui appunto, in questa saletta qui, lì a quel posto... la serva del Cilento lo trattenne per raccomandargli, non so, un suo nipote falegname. Il povero Gaspare, col cuore che gli conosciamo tutti, prometteva ajuto... protezione... sapete come faceva lui... che si stropicciava sempre, parlando, la palma della mano qui sul fianco... Tutto a un tratto... che è?... si sente venir male... dice: - «Per favore, un bicchier d'acqua»... - La serva corre in cucina, torna col bicchiere, glielo porge... lui fa per recarsi il bicchiere alle labbra... non può... la mano, invece d'andare in su, gli va in giù, così... così... tremando e versando l'acqua... il bicchiere gli cade di mano... i ginocchi gli si piegano... e stramazza...

- O-òh! guardate, - suggerì piano l'ometto calvo, accostandosi, con un dito della manoccia teso, - lì, guardate... i cocci del bicchiere... lì...

Tutti si voltarono a guatar costernati quei cocci nell'angolo, come dianzi quegli altri la poltrona. Ma giunse in quella dalla stanza del moribondo un puzzo intollerabile, che fece arricciare il naso a tutti.

- Buon segno! - esclamò qualcuno, avviandosi per recarsi in un'altra stanza. - Si scarica.

Parecchi confermarono:

- Buon segno, sì... buon segno!

E tutti, turandosi il naso, seguirono il primo.

Stavano in quell'altra camera i parenti del moribondo; il fratello Carlo, un nipote, un cognato e lo zio canonico, insieme con altri visitatori, tutti in silenzio.

Si rispondeva ai saluti, fatti a bassa voce, o con gli occhi o con un lieve cenno della mano o del capo. Carlo Naldi, come se i sopraggiunti fosser venuti a dirgli: - «Tuo fratello è guarito, cammina», - scattò in piedi per recarsi dal moribondo. Alcuni si provarono a trattenerlo.

- No, lasciatemi. Voglio vederlo!

E andò, seguito dal figlio.

Anch'essi, entrando, si turbarono al puzzo pestifero; ma si trattennero presso il letto e sorvegliarono gl'infermieri, perché il letto e il giacente fossero ripuliti a dovere. Poi fecero dare una spruzzata d'aceto alla camera.

Gaspare Naldi, di corporatura potente, sorretto il busto da una pila di guanciali, con una vescica di ghiaccio in capo, il volto paonazzo, aveva schiuso gli occhi insanguinati e guardava un po' accigliato, quasi per uno sforzo di riconoscere colui che s'era chinato sul letto a spiarlo negli occhi.

- Gaspare! Gaspare! - chiamò il fratello, con la speranza, nella voce, che il colpito l'udisse.

Ma il morente seguitò a guardarlo ancora un pezzo, accigliato; poi contrasse, come in un sorriso, la sola guancia sinistra e aprì alquanto la bocca da questo lato; si provò a far più volte spracche con la lingua inceppata, come se volesse inghiottire, ed emise un suono inarticolato, tra il gemito e il sospiro, richiudendo lentamente le palpebre.

- M'ha riconosciuto! - disse allora piano Carlo Naldi agl'infermieri seduti alle sponde del letto, quasi non credendo a se stesso. - Vuol parlare, e non può! M'ha riconosciuto!

Sopraffatto di nuovo dal coma, il moribondo si rimise subito dopo a rantolare.

- Dottore, ha visto? M'ha riconosciuto! - ripeté il Naldi al giovine medico Matteo Bax lasciato di guardia dagli altri tre medici curanti.

- Come no? Sissignore! - disse il Bax, sorgendo in piedi militarmente e sgranando gli occhi ceruli, vitrei, da matto.

- Stia, stia seduto.

- No, dovere, che c'entra? La conoscenza, nossignore, non l'ha ancora perduta. Ogni tanto, qualche lucido intervallo.

- C'è speranza, dunque?

- Il caso è grave; io parlo franco, sa? ma le speranze, nossignore, chi lo dice? non sono perdute. Ancora io non dispero ecco. Però è un caso d'embolia cerebrale, e...

- Ah, - fece, accostandosi con timida curiosità, in punta di piedi, il Deodati, venuto dall'altra stanza per assistere, nonostante il puzzo, alla scena commovente tra i due fratelli. - Non è colpo apoplettico?

- Embolia cerebrale, - ripeté a bassa voce il dottor Bax, come confidasse un gran segreto e spiegò brevemente la parola e il male.

Il Deodati uscì dal salotto e si recò a raggiungere gli amici nell'altra stanza.

- Speriamo che di qui a domattina si risolva, - continuò il Bax. - Vigoroso... un gigante. Eh, dovrà stentare la morte ad abbatterlo. Noi intanto non abbiamo nulla da fare... parlo franco io. Assecondiamo la natura: questo il nostro compito, ecco! Da un momento all'altro potrebbe determinarsi una crisi benefica.

S'accostò al letto e consultò il polso del giacente.

- I polsi si mantengono. Applicheremo più tardi due carte senapate ai piedi. Me l'hanno lasciato detto i miei colleghi. Non mi prendo nessuna libertà, io.

Il Bax era all'inizio della carriera, e però costretto a codiare un po' l'uno, un po' l'altro dei medici più accontati, tutti - s'intende - asini per lui. Mah! Riteneva una fortuna l'essere stato chiamato in quell'occasione, al letto d'uno in vista come il Naldi; gli conferiva una certa importanza e l'avrebbe rialzato nel concetto di tanta gente che affluiva d'ora in ora a visitar l'infermo, cui egli per ciò assisteva col massimo zelo. Nel vederlo così faccente attorno al letto, nessuno (egli credeva) avrebbe sospettato che gli altri medici curanti lo avessero chiamato unicamente perché lo sapevano resistentissimo al sonno.

- Sentite, eh? Ma se lo supponevo io! - diceva frattanto Filippo Deodati nell'altra stanza. - Ma che colpo apoplettico d'Egitto! Possibile, così, un colpo? È caso d'embolia. Un caso d'embolia cerebrale, bello e buono, di quelli genuini... tipico, via!

- Com'hai detto? - domandarono alcuni.

- Embolia? Che significa? - domandarono altri.

- Eh, dal greco... embolé... perdio, me ne ricordo ancora dal liceo. Quando la circolazione del sangue non si svolge più regolarmente, perché il cuore, capite, è indebolito, che avviene? avviene che nel cuore si formano certi... grumi di sangue... grumi, grumi.... Qualche volta uno di questi grumi si stacca dal cuore, capite? e gira... Oh! Fino a tanto che incontra vasi capaci, questo grumo, naturalmente, passa; ma quando poi arriva al cervello dove i vasi sono più fini d'un capello... eh, allora... embolé: interponimento... - mi spiego? - avviene l'arresto e il colpo.

Gli ascoltatori si guardarono l'un l'altro negli occhi senza fiatare, come colpiti tutti dall'oscura minaccia di quel male. Un piccolo grumo! Si stacca... gira... e poi... embolé, interponimento... Da che dipende la vita d'un uomo! Può accadere a tutti un caso simile.

E ciascuno pensò di nuovo a sé, alle condizioni della sua salute, guardando con crudeltà quelli tra gli astanti che si sapevano di salute cagionevole. Uno tra questi, dalle spalle in capo, quasi senza collo, sempre acceso in volto, più miope del Deodati, sospirò agitando sotto gli sguardi dei radunati più volte di seguito le palpebre dietro le lenti che gli rimpicciolivano gli occhi.

- Intanto, - seguitò il Deodati, - se l'arresto non si risolve prima delle ventiquattr'ore, la parte cerebrale non nudrita degenera, capite? e avviene il rammollimento.

- Povero Gaspare! - esclamò con angoscia intensa, esasperata, l'uomo miope senza collo.

E l'ometto calvo, panciutello, osservò, facendo rincorrere i pollici delle manocce pelose, che lì, sul ventre, poteva facilmente intrecciarsele.

- Che processo crudele di causa e d'effetti! Il bimbo morto del Cilento si chiama dietro un uomo qua, padre di sei altri bambini.

L'osservazione piacque, e tutti i presenti scossero malinconicamente il capo.

- Sei? Dica sette! - corresse uno. - La povera moglie è incinta di nuovo.

Poi si guardò attorno e domandò:

- Non si potrebbe avere un bicchier d'acqua? Che sete!

- Pensare, - sospirò Guido Póntina, - che a quest'ora sarebbe laggiù in campagna, tra la sua famiglia, in mezzo ai suoi contadini, come tutti gli altri giorni. Maledetto il momento che gli venne in mente di salire in paese quest'oggi! Perché, sentite: è vero purtroppo e non si nega ch'era continuamente sotto la minaccia di... di questo grumo che dice Deodati; ma probabilmente, probabilissimamente, senza la causa determinante di queste due ore di sole, tra le scosse e gli sbalzi del baroccino...

- Eh, ma se voi del municipio, - lo interruppe il Deodati a questo punto, - non ci volete pensare a riparar lo stradone!

- Come no? - rispose vivamente il Póntina. - Ci s'è pensato!

- Sì! Avete fatto scaricare i mucchi del brecciale, per dar modo ai ragazzi di fare alle sassate. Chi li stende? Debbono stendersi da sé?

- Basta, certamente, - interloquì per metter pace l'ometto calvo, - il povero Naldi avrebbe potuto vivere due, tre, cinque, magari dieci anni ancora!

- Si sa! Certo! È così! - approvarono a bassa voce alcuni.

- Contradizioni inesplicabili! - esclamò il Deodati. - Ma già... è inutile! La fatalità. Si ha un bel guardarsi di tutto e aver cura timorosa e meticolosa della propria salute: arriva il giorno destinato, e addio.

L'uomo miope, senza collo, a questa osservazione si alzò; sbuffò forte, approvando col capo; non ne poteva più; e andò ad affacciarsi al balcone. Gli pareva che tutti, parlando del Naldi, leggessero la condanna a lui. Eppure non se ne andava; restava lì, come se qualcuno ve lo costringesse.

Altri del crocchio si opposero all'osservazione del Deodati, e allora venne fuori, intercalata d'aneddoti personali, la vita del Naldi in quegli ultimi anni, da che egli cioè, guarito miracolosamente d'una polmonite, s'era ritirato in campagna con la famiglia, per consiglio dei medici, i quali gli avevano assolutamente proibito d'attendere agli affari. Per qualche tempo il Naldi, sì, aveva seguito la prescrizione, vivendo come un patriarca in mezzo alla numerosa famiglia e ai contadini, curando scrupolosamente la salute. S'era finanche provvisto d'una piccola farmacia e d'una bibliotechina medica, con l'ajuto delle quali s'era dilettato di tanto in tanto, a un bisogno, a far da medico alla moglie, ai figliuoli, ai contadini suoi dipendenti, là a Val Mazzara.

- Che aria!

- E la villa, l'avete veduta? con quel magnifico pergolato.

- Era il suo orgoglio, quel pergolato!

- Dovette pagarla cara, quella terra, no?

- Ma no, che cara! Gliela vendette il Lopez, affogato, prima di fallire. È che lui poi ci ha speso tanto.

- Gran lavoratore!

In quest'ultimo anno, difatti, contento della recuperata salute, aveva ripreso a lavorare, a cavalcare per mezze giornate per recarsi alle zolfare di sua proprietà; e a chi lo richiamava ai consigli dei medici, mostrava sotto la camicia una pelle di coniglio sul petto.

- E ne tengo un'altra dietro, a guardia delle spalle, - diceva. - Appena sudo, mi cambio. Ohè, sei figliuoli ho; non posso star mica dentro uno scaffale!

Con quella pelle di coniglio addosso si sentiva ormai invulnerabile, come se si fosse munito d'una corazza contro la morte, e questa superstiziosa fiducia lo rendeva imprudente e quasi felice.

- E intanto, in un attimo - concluse l'ometto calvo. - Chi sa a quanti contadini avrà lasciato detto stamane, prima di partire: «Per far questo o quest'altro, aspettate il mio ritorno».

Il Póntina approvò col capo, soddisfatto che si fosse tratta tanta materia di discorso da un'idea manifestata prima da lui.

Due o tre consultarono l'orologio. Era l'ora della cena pei più; ma nessuno avrebbe voluto andar via. La catastrofe poteva essere imminente.

Entrò nella stanza, un momento, il dottor Bax, e tutti si voltarono a guardarlo. Il piccolo De Petri, atteggiato di mestizia, gli domandò:

- A che siamo?

Il Bax aprì le braccia in risposta, chiudendo gli occhi e traendo un gran sospiro.

- Ma c'è tempo?

- Signor mio, non si può dire!

- Su per giù...

- Nulla, nulla, - rispose il giovane medico, infastidito. - Da un momento all'altro può sopravvenire la paralisi cardiaca. Se non sopravviene, ne avremo a lungo.

«Non chiamerei questo medico, neppure in punto di morte!» disse tra sé il De Petri stizzito.

Alcuni si mossero per andar via: non potevano farne a meno: erano attesi in casa per la cena. Ma, prima d'andarsene, vollero rivedere il moribondo, ed entrarono nel salotto, col cappello in mano, in punta di piedi. Contemplarono un pezzo in silenzio il giacente, a cui il nipote introduceva tra le labbra, cautamente un cucchiajo a metà pieno d'una mistura rosea. Il moribondo continuava a rantolar sordamente, facendo gorgogliar la mistura nella gola, come se si divertisse a fare un gargarismo. Ritornarono poco dopo, per la visita serale, i tre medici curanti. A uno a uno, appena arrivati, consultarono a lungo i polsi del colpito, prima il destro, poi il sinistro, tra il silenzio sgomento degli astanti che spiavano ogni loro movimento, come in attesa d'un responso fatale, inappellabile. Il giovane dottor Bax riferiva in breve a bassa voce ai tre colleghi, che dimostravano di non prestargli ascolto, lo stato dell'infermo durante la loro assenza.

- Zitto, collega: va bene! - disse, seccato, il più vecchio dei tre, e tirò giù il lenzuolo per osservare il petto e il ventre del moribondo agitati continuamente, per lo stento della respirazione, da conati quasi serpentini. Quella vista angosciò così gli astanti che molti distrassero lo sguardo da quel ventre illuminato da una candela sorretta da un infermiere. Un altro dei medici, magro, rigido, impassibile, posò le dita nodose sull'attaccatura del collo, a sinistra, ove lenta e forte pulsava visibilmente l'arteria poi tutta la mano, sul cuore. Il terzo si mise a solleticar con un dito la pianta del piede destro, paralitico, per accertarsi se non vi permanesse ancora un ultimo resto di sensibilità.

Il medico magro rigido disse a uno degli infermieri:

- Avvicinate la candela.

E con due dita sollevò la palpebra dell'occhio destro già spento.

Poi, tutti e tre, seguiti dal giovane dottor Bax, si recarono al balcone, e vi sedettero al fresco a confabulare. Dopo alcuni minuti uno d'essi s'alzò e, accostandosi alla mensola, trasse dall'astuccio una siringhetta, la pulì, la provò due volte facendone sprillare un po' d'acqua; poi la riempì di caffeina e s'appressò al letto.

- La candela!

- Dottore, dottore, perché prolungar così lo strazio di questa agonia? - gemette affannosamente lo zio canonico, impallidito alla vista dello strumento.

- È nostro dovere, reverendo, - rispose asciutto asciutto il medico, scoprendo la gamba del giacente.

- Ma lasciamo fare a Dio... - insisté con voce piagnucolosa il canonico.

Il medico, senza dargli retta, cacciò l'ago nella gamba insensibile; e l'altro chiuse gli occhi per non vedere.

Poco dopo, lasciate al Bax alcune prescrizioni per la notte, i tre medici andarono via, seguiti da quasi tutti i visitatori.

Rimasero nel salotto i due infermieri e il canonico.

Ardeva sulla mensola una candela, la cui fiamma era continuamente agitata dalla brezza serale che entrava dal balcone.

Il volto del moribondo, al debole lume tremolante, pareva annerito sui bianchi guanciali. I peli dei baffi rossicci sembravano appiccicati sul labbro, come quelli d'una maschera. Sotto i baffi, dalla bocca aperta, un po' storta a destra, il rantolo usciva angoscioso e, sotto il lenzuolo, era palese l'orrenda fatica del ventre e del petto per la respirazione.

I due infermieri sedevano in ombra, silenziosi, alla sponda del letto: uno suzzava con un bioccolo di bambagia dalle gote del giacente l'acqua che sgocciolava dalla vescica di ghiaccio; l'altro reggeva su le ginocchia un cuscino, sul quale il moribondo allungava, per ritrarla subito dopo irrequietamente, la gamba illesa.

Su un quadricello presso la mensola sorgeva un uccellaccio imbalsamato, dal collo e dalle zampe esili e lunghissime, il quale pareva guardasse spaventato, con gli occhi di vetro, gli attori muti di quella lugubre scena.

A piè del letto, il canonico, curvo, le braccia appoggiate sulle gambe, le mani intrecciate, pregava con gli occhi chiusi, e sotto le palpebre, a tratti, si vedeva quasi fervere la muta preghiera.

Il trapunto della leggera cortina del balcone si disegnava lieve sulla blanda e chiara suffusione del chiarore lunare: alito di deliziosa frescura.

Il dottor Bax rientrò nel salotto, e notò subito che lo stento della respirazione cresceva di momento in momento. Già il volto del Naldi aveva assunto il caratteristico aspetto cianotico: la bocca aperta sprofondava, e tra le ciglia appena schiuse e alle narici un che di muffito o di fuligginoso.

- Tenete sempre la vescica un po' a manca, così, - disse a bassa voce agli infermieri.

Questi lo guardarono, come per domandargli se dicesse sul serio. Un piacere e nient'altro poteva essere, stare a guardare il moribondo con quella specie di berretto, a tocco di giudice, anziché dritto, sulle ventitré. Ma già - si capiva - tanto per dire qualche cosa...

E infatti il dottor Bax, sapendo bene che non c'era più altro da fare, si recò al balcone. Di lì, appoggiato alla ringhierina di ferro, contemplò a lungo l'ampia vallata che sotto il colle su cui sorge la città s'allarga degradando fino al mare laggiù in fondo rischiarato quella sera dalla luna. Compreso dal mistero della morte, contemplò in alto gli astri impalliditi dal chiaror lunare. Ma nessuna relazione, veramente, agli occhi suoi tra quel cielo e quell'anima che agonizzava crudelmente dentro la stanza. Favole! Il Naldi sarebbe finito tutto laggiù... E cercò con gli occhi, in un punto noto della vallata, la macchia fosca dei cipressi del camposanto. Laggiù... laggiù... tutto e per sempre. E, nella sincerità ancora illusa della sua giovinezza, immaginò, attraverso gli stenti superati per procacciarsi quella professione di medico il suo compito in mezzo agli uomini: alleviare le sofferenze, allontanare la morte, l'orrenda fine, laggiù.

Fu scosso, a un tratto, da un borbottio sommesso dentro la stanza. Un prete nottante, dall'abito frusto, leggeva con un pajo di rozzi occhiali sul naso, curvo sul moribondo, in un vecchio e unto libricciuolo, intercalando frequentemente nella lettura ora un Pater ora un'Ave, che i due infermieri e il canonico ripetevano a bassa voce. Terminata la preghiera, il prete, dagli occhi impassibili, s'infrociò una grossa presa di tabacco. Era stato chiamato per la notte come «ricordante» al capezzale del moribondo. Notava con soddisfazione che aveva ben poco da fare, poiché questo non era più in sensi. Di tanto in tanto una preghiera per accompagnare il trapasso, e sufficit. Si scosse con una mano un po' di tabacco dal petto, poi si rassettò la tonaca sulle gambe, poi si guardò le unghie e soffiò per il caldo.

- Caldo... ah, caldo...

- Non si respira, - disse uno degli infermieri.

Il dottor Bax rientrò dal balcone; guardò accigliato il prete che rispose allo sguardo con un sorriso triste e vano, e uscì dal salotto. Attraversando la sala d'ingresso, scorse nella parete a sinistra un uscio, a cui finora non aveva badato. L'uscio era socchiuso. Intravide una camera illuminata debolmente, in cui erano raccolte alcune donne in silenzio. Ne usciva in quel momento Carlo Naldi con in mano una tazza di brodo.

- Dottore, venga, - disse il Naldi. - Provi lei a farle prendere questo po' di brodo.

- Io? a chi? - domandò, confuso, il Bax.

- A mia cognata.

- Ah, la moglie: è di là?

- Sì, venga.

Il Bax s'era sentito sempre a disagio in presenza delle donne; tuttavia, costretto, entrò premuroso:

- Dov'è? dov'è?

La moglie del moribondo sedeva su un seggiolone, con un gomito appoggiato sul bracciuolo e la faccia nascosta in un fazzoletto. Al richiamo insistente del dottore, mostrò il volto lungo, cereo, smunto. Pareva movesse con pena le palpebre: non aveva più forza neanche di piangere. Gli occhi le andarono all'uscio della camera rimasto aperto, e subito immaginò che il marito fosse morto e che già se lo fossero portato via, in chiesa. Rassicurata, si lasciò piegare dalla voce estranea del medico a mandar giù qualche sorso di brodo, ma subito reclinò il volto sul fazzoletto, come se stesse per rigettarlo, e allungò l'altra mano per allontanare la tazza. Nondimeno, il dottor Bax uscì dalla camera molto soddisfatto di sé, quasi convulso, e appena nella saletta d'ingresso si fermò perplesso, un tratto, a grattarsi la fronte, come per rendersi conto di quella sua soddisfazione, di cui non vedeva bene il perché.

A sera inoltrata si riunirono di nuovo nell'altra stanza quasi tutti i visitatori del giorno. Alcuni, tra i celibi, si proponevano di rimaner l'intera notte colà, dato che il Naldi non fosse morto prima di giorno; gli altri si sarebbero trattenuti fino al più tardi possibile: e chi sa, forse avrebbero assistito anche loro alla morte, che pareva dovesse avvenire da un momento all'altro. Del resto, fuori, in città, non si sarebbe trovato modo di passar la serata.

All'avvocato Filippo Deodati avvenne di poter rifare il racconto della visita del Naldi al Cilento, col particolare saliente del bicchier d'acqua, a un nuovo visitatore, il quale, arrivato la sera stessa da un paese vicino, era accorso alla notizia così come si trovava, con gli stivaloni, il fucile appeso alla spalla e la cartuccera al ventre. Costui non sapeva ancora accordarsi bene al contegno degli altri, parlava un po' troppo forte, mostrava ancor troppo viva la sorpresa, l'afflizione, l'ansia di sapere, in mezzo agli altri che si tenevano silenziosi e circospetti, rispondendo alle sue domande o con un moto degli occhi o con un sospiro.

Appena entrato nel salotto, alla vista del moribondo, il nuovo visitatore s'era impuntato per istintivo orrore; poi, pian piano, s'era accostato al letto, osservando paurosamente il Naldi.

- Perché fa così? - domandò a un infermiere.

Il moribondo, sempre più angosciato, agitava senza requie la mano sinistra illesa; riusciva talvolta a sollevare e a trarsi giù dal petto il lembo rimboccato del lenzuolo; tal'altra, non riuscendovi, levava il braccio a vuoto, con l'indice e il pollice della mano convulsa congiunti, quasi in atto di spaventosa minaccia.

Il nuovo visitatore n'era rimasto atterrito.

- Perché fa così? - domandò di nuovo.

- Vuol togliersi la vescica dal capo, - rispose l'infermiere.

- Ma che! Non gli dar retta! - interloquì Filippo Deodati. - Movimenti riflessi.

- Se l'è già tolta due volte! - insisté l'infermiere.

Il Deodati lo guardò con aria di commiserazione.

- E che importa? Movimenti riflessi. Non sa più quel che si faccia. Ha già perduto i centri frenici; è evidente. A prestare un po' d'attenzione ci s'accorge che fa tre movimenti soli, costantemente gli stessi.

E pareva, nel dar questi schiarimenti, assaporasse uno di quei piaceri che avvengono proprio di rado, almeno dal modo con cui accarezzava con la voce quei termini di scienza: «movimenti riflessi», «centri frenici».

Entrò, in quella, a tempesta, il piccolo De Petri, annunziando:

- Il deputato! Il deputato! L'onorevole Delfante!

E corse nell'altra stanza a ripetere l'annunzio:

- L'onorevole Delfante. L'ho visto io dalla finestra.

Carlo Naldi posò il sigaro e accorse nella saletta, seguito da molti altri, per accogliere il deputato:

- Dov'è? dov'è?

L'onorevole Delfante era già entrato nel salotto coi due che l'accompagnavano, il consigliere delegato della Prefettura e il funzionante sindaco. Al suo arrivo i due infermieri sorsero in piedi, a capo scoperto, come davanti a un re, e anche il prete s'alzò e si trasse indietro.

La vista del moribondo, al debole lume tremolante della candela, era divenuta insostenibile: quel corpo gigantesco, a cui la morte teneva adunghiato il cervello, si contorceva orribilmente nella lotta incosciente, tremenda, delle ultime forze - e respirava ancora!

Non di meno, l'onorevole Delfante, con le ciglia aggrottate, le mani dietro la schiena, sostenne a lungo lo strazio di quello spettacolo. Strinse forte la mano a Carlo Naldi, senza dir nulla, e si volse di nuovo a contemplare il giacente, ch'era stato suo amico d'infanzia e compagno di scuola. Tra le mille seccature le ansie, le smanie dell'ambizione, ecco l'immagine di un'improvvisa morte! E scosse amaramente il capo, con gli angoli della bocca contratti in giù.

- Che siamo! - mormorò, e uscì, a capo chino, dalla camera del moribondo, per recarsi nell'altra stanza, seguito da quasi tutti i presenti a quella scena.

Eran tutti inorgogliti di quella degnazione dell'onorevole deputato, e beati della fortuna d'averlo lì con loro. Gli fu porto da sedere nel balcone, al fresco, e molti gli si strinsero attorno, in silenzio. Quindi, prima uno, poi un altro, gli rivolsero qualche domanda a bassa voce, alla quale egli non seppe tenersi dal rispondere. Poco dopo la conversazione navigava per l'agitato mare della politica, dietro la sconquassata nave ministeriale, di cui il Delfante era fedele pompilo seguace, non per convinzione, ma per misero tornaconto.

Il fratello del moribondo si teneva discosto, seduto su una poltroncina: gli faceva male un dente, e fumava per stordire il dolore. Alcuni, vedendolo fumare, pensaron d'accendere il sigaro anche loro.

Soltanto il piccolo De Petri era in gran pensiero. Si doveva sì o no ordinare la cassa da morto? Nessuno ci pensava, e intanto... Dove diavolo s'era cacciato quello sciocco presuntuoso del dottor Bax? E gli abiti per l'ultima vestizione? Al povero Naldi toccava anche di morire fuori della propria casa! Bisognava mandar qualcuno a cercare questi abiti. E un altro pensiero ancora: gli annunzi funebri, a stampa.

- Se non ci si pensa prima a queste cose... - diceva piano a tutti il piccolo De Petri.

S'era portato con sé il registro degli elettori del Comune, e sul tavolinetto, insieme col giovine biondo molto pallido, passava in rassegna e segnava col lapis il nome di coloro a cui si doveva inviare la partecipazione di morte del Naldi. In quella cernita la sua lingua maledica trovò quasi la pietra da affilarsi. E, di tanto in tanto, a qualche nome, diceva:

- No, a questo cornuto, no!

E, a qualche altro:

- No, a questo ladro, neppure!

L'onorevole Delfante sciolse finalmente la seduta; rientrò nella stanza e strinse di nuovo la mano a Carlo Naldi:

- Coraggio, fratello mio!

Prima d'andarsene, volle rivedere il moribondo. E al dottor Bax che gli stava accanto, domandò:

- Se domani tornassi, lo troverei?

- Agonia lunga, - rispose il Bax. - Ma fino a domani forse no!

- Speriamo! - sospirò l'onorevole Delfante. - Ormai la morte è cessazione di pena.

E andò via, tirandosi dietro gran parte dei visitatori.

Dopo la mezzanotte, eran soltanto in sei, oltre i parenti, il prete e il dottor Bax.

I parenti s'erano riuniti nell'altra stanza, attorno alla moglie del moribondo. Nella stanza di questo i due infermieri accanto al letto dormicchiavano, e il prete, per non imitarli infornava tabacco: aveva posato sul guanciale allato alla testa del giacente un piccolo crocifisso, sicuro che questo al morente, per la notte, poteva bastare.

Gli altri, nell'altra stanza, presso il balcone, comodamente sdrajati, conversavano fra loro fumando.

Una disputa s'era accesa tra il Bax e l'avvocato Filippo Deodati intorno ad alcuni strani fenomeni spiritici esperimentati in quei giorni da un cultore fanatico di questa nuova sollecitudine intellettuale - come l'avvocato Deodati la definiva.

- Ciarlatanerie! - esclamò a un certo punto il Bax.

- Naturalissimo che tu dica così! - rispose con un sorrisetto il Deodati. - Anch'io, per altro, son quasi della tua opinione. Tuttavia penso, chi sa! è presunzione certo ritenere che l'uomo, con questi suoi cinque limitatissimi sensi e la povera intelligenza che gliene risulta... possa... dico, possa percepire... e concepire tutta quanta la natura. Chi sa quant'altre sue leggi, quant'altre sue forze e vie ci restano ignote. E chi sa se veramente... dico non si riesca a stabilire... quasi un sesto senso... mediante il quale non si rivelino a noi... senza tuttavia riflettersi su la nostra coscienza (e perciò, badate, paurosamente) fenomeni inaccessibili nello stato normale.

- Già! - fece il Bax. - I tavolini giranti e parlanti. Sesto senso? Autosuggestione, caro mio!

- Eppure! - sospirò il Deodati, che guardava ancora in giro gli amici per coglier l'effetto delle sue prime parole. - Eppure... ecco: io vorrei spiegarmi il perché di certe nostre paure... sì, dico... la paura, per esempio, che ci fanno i morti. Andresti tu, poniamo, domani o quando che sarà, a dormir solo, di notte, accanto alla cassa mortuaria del nostro povero Naldi, dentro la cattedrale, dove fosse soltanto un lampadino acceso, pendente dall'altissima volta, tra le grandi ombre, oppresso dalla poderosa solenne vacuità di quell'interno sacro? Oh Dio, il silenzio, immagina! e un topo che roda il legno d'un confessionale o d'una panca... giù, in fondo, sotto la cantoria.

- Dei morti, - disse con calma il Bax, - ho avuto paura anch'io che a buon conto, ohè, medico sono e di morti n'ho visti, come potete figurarvi!

- E tagliati.

- Anche. Veramente allora ero studente. Tu sai che mi son sempre levato all'ora dei galli. Basta, - «Matteo» - mi avevano detto la sera avanti alcuni miei colleghi, - «tu che sei mattiniero, domattina di buon'ora và ad accaparrarti con Bartolo alla Sala Anatomica un buon pezzo da studiare: testa e busto». Bartolo era il bidello della Sala. Che tipo, se l'aveste conosciuto! Parlava coi cadaveri; nettava a perfezione i teschi e se li vendeva cinque lire l'uno. Cinque lire, una testa d'uomo! È vero che, molte, vanno anche assai meno. Basta. State a sentire, che vi racconterò come un morto mi spense la candela.

- La candela?

- La candela, sì. Accettai l'incarico dei miei compagni; e il giorno appresso, poco dopo le quattro, mi recai alla Sala. Il cancello, davanti al giardino che circonda il basso edificio, era aperto, o meglio, accostato: segno che i becchini avevano già portato il carico alla Sala. Bartolo si vestiva nella stanzetta a sinistra dell'androne, la quale ha una finestra prospiciente il giardino. Io vidi, entrando, il lume attraverso le stecche della persiana. Contemporaneamente, Bartolo udì lo scalpiccio dei miei passi sulla ghaja del vialetto. «Chi è là?» «Io, Bax.» «Ah, entri pure!» «Abbiamo di già?» «Abbiamo, sissignore. Ma la sala è al bujo. Abbia pazienza un momentino: son bell'e vestito.» «Fà pure con comodo. Ho con me la candela.» Entrai. Non ero mai entrato solo, a quell'ora, nella Sala. Paura no, ma vi assicuro che una certa inquietudine nervosa me la sentivo addosso, attraversando quelle stanze in fila, silenziose, rintronanti, prima di giungere alla sala in fondo. Guardavo fiso la fiamma della mia candela, che riparavo con una mano per non veder l'ombra del mio corpo fuggente lungo le pareti e sul pavimento. I becchini avevano lasciato aperto l'uscio. Sei casse erano posate su le lastre di marmo dei tavolini. I cadaveri giungevano a noi dalle chiese, ancor vestiti, e tante volte anche coi fiori dentro. Un mio compagno, tra parentesi, non si faceva scrupolo di mettersi qualcuno di quei fiori all'occhiello o di comporne qualche mazzolino che poi regalava apposta alle belle donnine: - «Amore e morte!» - diceva lui. Basta. Reggevo con una mano la candela; con l'altra scoperchiavo cautamente le casse e guardavo dentro. Chi arriva prima, si sceglie il meglio. Io cercavo un bel collo, un buon torace. Apro la prima cassa. Un vecchio. Apro la seconda. Una vecchia. Apro la terza. Un vecchio. Mannaggia! Faccio per sollevare il coperchio della quarta e - ffff! - un soffio, che mi spegne la candela. Getto un grido, lascio il coperchio; la candela mi cade di mano. «Bartolo! Bartolo!» grido, atterrito, nel bujo. Bartolo accorre col lume e mi trova... pensateci voi! i capelli irti sulla fronte, gli occhi fuori del capo. «Ch'è stato?» «Ah, Bartolo! Apri quella cassa!» Bartolo apre, guarda dentro, poi guarda me: «Ebbene?» mi fa. «Una bella ragazza.» Prendo animo e guardo dietro le sue spalle. «È morta?» Bartolo si mette a ridere. «No, viva...» «Non scherzare! M'ha spento la candela!» «Che ha fatto? Le ha spento la candela? Vuol dire che non voleva esser veduta da un giovanotto così coricata. Eh, poverina, di' un po', è vero?» E, così dicendo, agitò più volte una mano cerea del cadavere. Bisognava sentire le sue risate, perché prima le diceva, e poi ci rideva sopra: le sue risate, là, tra tutte quelle casse, mentre l'alba cominciava a stenebrare appena, scialba, umidiccia, l'ampia Sala, a cui tutti i disinfettanti non riescono a togliere quell'orrendo tanfo di mucido.

- Ma quel soffio? - domandarono due o tre a questo punto, costernati.

- Gas! - rispose Bax con un gesto di noncuranza, e rise allegramente.

Uno degli infermieri, con gli occhi rossi dal sonno interrotto, venne cempennante ad annunziare che il moribondo era gelato dai piedi al petto e bagnato di sudor freddo.

- Ma respira ancora?

- Sissignore, ma venga a vedere però: pare strozzato. Credo che ci siamo.

Il prete e l'altro infermiere, svegliati anch'essi di soprassalto, s'erano buttati in ginocchio e avevano subito attaccato con la lingua ancora imbrogliata la litania.

Entrò il Bax con gli amici rimasti a vegliare; alcuni s'inginocchiarono; il Deodati rimase in piedi col Bax, che s'accostò al moribondo per toccargli la fronte, se era gelata. Il piccolo De Petri restò nell'altra stanza, intento ancora a scegliere i nomi dal registro degli elettori.

- Sancta Dei Genitrix,

- Ora pro nobis.

- Sancta Virgo Virginum,

- Ora pro nobis.

Tranne il prete, tutti tenevano gli occhi fissi al moribondo. Ecco come si muore! Domani, entro una cassa, e poi sotterra, per sempre! Per il Naldi era finita; e così sarebbe stato per tutti: su quel letto, un giorno, ciascuno - gelido, immobile - e intorno, la preghiera dei fedeli, il pianto dei parenti.

Dopo la fronte il dottor Bax venne a toccare i piedi del moribondo, poi le gambe, le cosce, il ventre, per sentire dov'era già arrivato il gelo della morte. Ma il Naldi respirava, respirava ancora: pareva singhiozzasse, così il rantolo gli scoteva la testa.

Nel silenzio della casa scoppiarono pianti. L'uscio su la saletta fu aperto di furia. Entrò nel salotto il fratello Carlo, a cui la commozione agitava convulsamente il mento e le palpebre. Subito il Bax accorse per trattenerlo sulla soglia.

- Mi lasci, mi lasci, - disse Carlo Naldi, ma, in quella, un empito di pianto gli scoppiò di sotto il fazzoletto; e allora si ritrasse da sé per non interrompere la preghiera.

Poco dopo, il giacente fu scosso una, due, tre volte, a brevi intervalli, da un conato rapido, serpentino; il rantolo si cangiò in ringhio e l'ultimo fu strozzato a mezzo dalla morte.

Gli astanti, che avevano seguito atterriti quell'estrema convulsione, fissavano ora immobili il cadavere.

- Finito, - fece a bassa voce il dottor Bax.

Il volto del Naldi si mutò rapidamente: da paonazzo diventò prima terreo, poi pallido.

Il piccolo De Petri accorse:

- Prima vestirlo! - disse agli infermieri. - Poi si farà vedere ai parenti. Prima vestirlo! Gli abiti? Sono di là. Aspettate. Ci ho pensato io.

- Senza fretta! senza fretta! - ammonì il dottor Bax. - Lasciate prima rassettare il cadavere.

- Intanto, come si fa? - riprese il De Petri. - Il signor Carlo vuole assolutamente che si facciano venire i figli del povero Gaspare, almeno i due maggiori, dice, perché vedano il padre.

- Ma no, perché? - osservò il Deodati, tutto compunto. - Perché, poveri ragazzi?

- È la volontà dello zio. Io, per me, non lo farei! Ma insomma, chi va? chi corre?

- Bisognerà svegliarli a quest'ora, poveri piccini! Non sanno nulla, - seguitò afflittissimo il Deodati. - Condurli qua, a un simile spettacolo! Con che cuore? Io non capisco. M'opporrei!

- Vado io, - s'offerse uno degli infermieri.

Già rompeva l'alba, e la prima luce entrava squallida dal balcone spalancato a rischiarar torbidamente quella camera, in cui per uno perdurava la notte senza fine.

I due fanciulli, il maggiore di dodici anni, l'altro di dieci, arrivarono quando il padre era già vestito e impalato sul letto. Pallidi ancora di sonno, i due poveri piccini guardavano il padre con occhi sbarrati dal pauroso stupore, e non piangevano; si misero a piangere quando la madre irruppe e si buttò sul cadavere, disperatamente, senza gridare, vibrando tutta dal pianto soffocato con violenza, là, sull'ampio petto esanime del marito.

Il prete s'accostò afflitto per persuaderla a lasciare il cadavere.

- Via, via, signora, coraggio! Per i suoi bambini, coraggio!

Ma ella si teneva avvinghiata a quel petto.

- La volontà di Dio, signora! - aggiunse il prete.

- No, Dio no! - gridò Carlo Naldi, stringendo un braccio al prete. - Dio non può voler questo! Lasci star Dio!

Il prete volse gli occhi al cielo e sospirò; mentre la vedova, a quelle parole, si mise a piangere forte insieme ai figliuoli.

- C'è di buono, - faceva intanto notare il piccolo De Petri al Deodati, - che non restano male, quanto a... È sempre qualche cosa, nella tremenda sventura.

- Certo, certo. Intanto, scappiamo! - gli rispose il Deodati. - Casco dal sonno. Me la svigno zitto zitto.

- Te felice! - sospirò il De Petri. - Io non posso. Sono di casa.

- Levami una curiosità, ora che ci penso: il Cilento non s'è visto, dov'è? dove s'è cacciato?

- È alloggiato con la famiglia in una casa qua, del vicinato. Poveraccio, ha il suo dolore, per la morte del figliuolo; non gli è bastato l'animo d'assistere anche a quello degli altri.

Il Deodati, poco dopo, se la svignò insieme con gli altri rimasti a vegliare. Cammin facendo, s'imbatterono in parecchi amici, tra i più mattinieri, che si recavano in casa del Cilento.

- Finito! Finito! - annunziarono.

- Ah sì? Morto? Quando? - domandarono quelli, delusi.

- Adesso, poco fa.

- Perbacco! Se venivamo un po' prima... Voi l'avete veduto? Com'è morto?

- Ah, terribile, miei cari! - rispose il Deodati. - S'è contorto, scrollato tre volte, come un serpe. Poi s'è cangiato subito in volto; è diventato terreo, poi come di cera. Andate, andate: ci sarà da fare. I parenti son rimasti soli. Noi caschiamo dal sonno: abbiamo vegliato tutta la notte. Andate, andate.

Quei mattinieri fecero le viste d'andare. Ma arrivati a un certo punto, si confessarono a vicenda di non aver cuore d'assistere allo strazio della vedova e degli altri parenti. Qualcuno manifestò il timore di riuscire importuno; altri, l'inutilità della loro presenza.

Così nessuno andò.

Alcuni ritornarono a casa per rimettersi a dormire; altri vollero trar profitto dall'essersi levati così per tempo, facendosi una bella passeggiata per il viale all'uscita del paese, prima che il sole s'infocasse.

- Ah, come si respira bene di mattina! Valgono più per la salute due passi fatti così di buon'ora, che camminare poi tutto il giorno in preda alle brighe quotidiane.

I PENSIONATI DELLA MEMORIA

Bella fortuna, la vostra! Accompagnare i morti al camposanto e ritornarvene a casa, magari con una gran tristezza nell'anima e un gran vuoto nel cuore, se il morto vi era caro; e se no, con la soddisfazione d'aver compiuto un dovere increscioso e desiderosi di dissipare, rientrando nelle cure e nel tramenio della vita, la costernazione e l'ambascia che il pensiero e lo spettacolo della morte incutono sempre. Tutti, a ogni modo, con un senso di sollievo, perché, anche per i parenti più intimi, il morto - diciamo la verità - con quella gelida immobile durezza impassibilmente opposta a tutte le cure che ce ne diamo, a tutto il pianto che gli facciamo attorno, è un orribile ingombro, di cui lo stesso cordoglio - per quanto accenni e tenti di volersene ancora disperatamente gravare - anela in fondo in fondo a liberarsi.

E ve ne liberate, voi, almeno di quest'orribile ingombro materiale, andando a lasciare i vostri morti al camposanto. Sarà una pena, sarà un fastidio; ma poi vedete sciogliersi il mortorio; calare il feretro nella fossa; là, e addio. Finito.

Vi sembra poca fortuna?

A me, tutti i morti che accompagno al camposanto, mi ritornano indietro.

Fanno finta d'esser morti, dentro la cassa. O forse veramente sono morti per sé. Ma non per me, vi prego di credere! Quando tutto per voi è finito, per me non è finito niente. Se ne rivengono meco, tutti, a casa mia. Ho la casa piena. Voi credete di morti? Ma che morti! Sono tutti vivi. Vivi, come me, come voi; più di prima.

Soltanto - questo sì - sono disillusi.

Perché - riflettete bene: che cosa può esser morto di loro? Quella realtà ch'essi diedero, e non sempre uguale, a se stessi, alla vita. Oh, una realtà molto relativa, vi prego di credere. Non era la vostra; non era la mia. Io e voi, infatti, vediamo, sentiamo e pensiamo, ciascuno a modo nostro noi stessi e la vita. Il che vuol dire, che a noi stessi e alla vita diamo ciascuno a modo nostro una realtà: la projettiamo fuori e crediamo che, così com'è nostra, debba essere anche di tutti; e allegramente ci viviamo in mezzo e ci camminiamo sicuri, il bastone in mano, il sigaro in bocca.

Ah, signori miei, non ve ne fidate troppo! Basta appena un soffio a portarsela via, codesta vostra realtà! Ma non vedete che vi cangia dentro di continuo? Cangia, appena cominciate a vedere, a sentire, a pensare un tantino diversamente di poc'anzi; sicché ciò che poc'anzi era per voi la realtà, v'accorgete adesso ch'era invece un'illusione. Ma pure, ahimè, c'è forse altra realtà fuori di questa illusione? E che cos'altro è dunque la morte se non la disillusione totale?

Però, ecco, se sono tanti poveri disillusi i morti, per l'illusione che si fecero di se medesimi e della vita; per quella che me ne faccio io ancora, possono aver la consolazione di viver sempre, finché vivo io. E se n'approfittano! V'assicuro che se n'approfittano.

Guardate. Ho conosciuto, più di vent'anni fa, a Bonn sul Reno, un certo signor Herbst. Herbst vuol dire autunno; ma il signor Herbst era anche d'inverno, di primavera e d'estate, cappellajo, e aveva bottega in un angolo della Piazza del Mercato, presso la Beethoven-Halle.

Vedo quel canto della piazza, come se vi fossi ancora, di sera; ne respiro gli odori misti esalanti dalle botteghe illuminate, odori grassi; e vedo i lumi accesi anche davanti la vetrina del signor Herbst, il quale se ne sta su la soglia della bottega con le gambe aperte e le mani in tasca. Mi vede passare, inchina la testa e mi augura, con la special cantilena del dialetto renano:

- Gute Nacht, Herr Doktor.

Sono trascorsi più di vent'anni. Ne aveva, a dir poco, cinquantotto il signor Herbst, allora. Ebbene, forse a quest'ora sarà morto. Ma sarà morto per sé, non per me, vi prego di credere. Ed è inutile, proprio inutile che mi diciate che siete stati di recente a Bonn sul Reno e che nell'angolo della Marktplatz accanto alla Beethoven-Halle non avete trovato traccia né del signor Herbst né della sua bottega di cappellajo. Che ci avete trovato invece? Un'altra realtà, è vero? E credete che sia più vera di quella che ci lasciai io vent'anni fa? Ripassate, caro signore, di qui ad altri vent'anni, e vedrete che ne sarà di questa che ci avete lasciato voi adesso.

Quale realtà? Ma credete forse che la mia di vent'anni fa, col signor Herbst su la soglia della sua bottega, le gambe aperte e le mani in tasca, sia quella stessa che si faceva di sé e della sua bottega e della Piazza del Mercato, lui, il signor Herbst? Ma chi sa il signor Herbst come vedeva se stesso e la sua bottega e quella piazza!

No, no, cari signori: quella era una realtà mia, unicamente mia, che non può cangiare né perire, finché io vivrò, e che potrà anche vivere eterna, se io avrò la forza d'eternarla in qualche pagina, o almeno, via, per altri cento milioni d'anni, secondo i calcoli fatti or ora in America circa la durata della vita umana sulla Terra.

Ora, com'è per me del signor Herbst tanto lontano, se a quest'ora è morto; così è dei tanti morti che vado ad accompagnare al camposanto e che se ne vanno anch'essi per conto loro assai più lontano e chi sa dove. La realtà loro è svanita; ma quale? quella ch'essi davano a se medesimi. E che potevo saperne io, di quella loro realtà? Che ne sapete voi? Io so quella che davo ad essi per conto mio. Illusione la mia e la loro.

Ma se essi, poveri morti, si sono totalmente disillusi della loro, l'illusione mia ancora vive ed è così forte che io, ripeto, dopo averli accompagnati al camposanto, me li vedo ritornare indietro, tutti, tali e quali: pian piano, fuori della cassa, accanto a me.

- Ma perché, - voi dite, - non se ne ritornano alle loro case, invece di venirsene a casa vostra?

Oh bella! ma perché non hanno mica una realtà per sé, da potersene andare dove loro piace. La realtà non è mai per sé. Ed essi l'hanno, ora, per me, e con me dunque per forza se ne debbono venire.

Poveri pensionati della memoria, la disillusione loro m'accora indicibilmente.

Dapprima, cioè appena terminata l'ultima rappresentazione (dico dopo l'accompagnamento funebre) quando rinvengon fuori dal feretro per ritornarsene con me a piedi dal camposanto, hanno una certa balda vivacità sprezzante, come di chi si sia scrollato con poco onore, è vero, e a costo di perder tutto, un gran peso d'addosso. Pure, rimasti come peggio non si potrebbe, vogliono rifiatare. Eh sì! almeno, via, un bel respiro di sollievo. Tante ore, lì, rigidi, immobili, impalati su un letto, a fare i morti. Vogliono sgranchirsi: girano e rigirano il collo; alzano ora questa ora quella spalla; stirano, storcono, dimenano le braccia; vogliono muover le gambe speditamente e anche mi lasciano di qualche passo indietro. Ma non possono mica allontanarsi troppo. Sanno bene d'esser legati a me, d'aver ormai in me soltanto la loro realtà, o illusione di vita, che fa proprio lo stesso.

Altri - parenti - qualche amico - li piangono, li rimpiangono, ricordano questo o quel loro tratto, soffrono della loro perdita; ma questo pianto, questo rimpianto, questo ricordo, questa sofferenza sono per una realtà che fu, ch'essi credono svanita col morto, perché non hanno mai riflettuto sul valore di questa realtà.

Tutto è per loro l'esserci o il non esserci d'un corpo.

Basterebbe a consolarli il credere che questo corpo non c'è più, non perché sia già sotterra, ma perché è partito, in viaggio, e ritornerà chi sa quando.

Su, lasciate tutto com'è: la camera pronta per il suo ritorno; il letto rifatto, con la coperta un po' rimboccata e la camicia da notte distesa; la candela e la scatola dei fiammiferi sul comodino; le pantofole davanti la poltrona, a piè del letto.

- È partito. Ritornerà.

Basterebbe questo. Sareste consolati. Perché? Perché voi date una realtà per sé a quel corpo, che invece, per sé, non ne ha nessuna. Tanto vero che - morto - si disgrega, svanisce.

- Ah, ecco, - esclamate voi ora. - Morto! Tu dici che, morto, si disgrega; ma quando era vivo? Aveva una realtà!

Cari miei, torniamo daccapo? Ma sì, quella realtà ch'egli si dava e che voi gli davate. E non abbiamo provato ch'era un'illusione? La realtà ch'egli si dava, voi non la sapete, non potete saperla perché era in lui e fuori di voi; voi sapete quella che gli davate voi. E non potete forse dargliela ancora, senza vedere il suo corpo? Ma sì! tanto vero, che subito vi consolereste, se poteste crederlo partito, in viaggio. Dite di no? E non seguitaste forse a dargliela tante volte, sapendolo realmente partito, in viaggio? E non è forse quella stessa che io do da lontano al signor Herbst, che non so se per sé sia vivo o morto?

Via, via! sapete perché voi piangete, invece? Per un'altra ragione piangete, cari miei, che non supponete neppur lontanamente. Voi piangete perché il morto, lui, non può più dare a voi una realtà.

Vi fanno paura i suoi occhi chiusi, che non vi possono più vedere; quelle sue mani dure gelide, che non vi possono più toccare. Non vi potete dar pace per quella sua assoluta insensibilità. Dunque, proprio perché egli, il morto, non vi sente più. Il che vuol dire che vi è caduto con lui, per la vostra illusione, un sostegno, un conforto: la reciprocità dell'illusione.

Quand'egli era partito, in viaggio, voi, sua moglie, dicevate:

- Se egli da lontano mi pensa, io sono viva per lui.

E questo vi sosteneva e vi confortava. Ora ch'egli è morto, voi non dite più:

- Io non sono più viva per lui!

Dite invece:

- Egli non è più vivo per me!

Ma sì ch'egli è vivo per voi! Vivo per quel tanto che può esser vivo, cioè per quel tanto di realtà che voi gli avete dato. La verità è che voi gli deste sempre una realtà molto labile, una realtà tutta fatta per voi, per l'illusione della vostra vita, e niente o ben poco per quella di lui.

Ed ecco perché i morti se ne vengono da me, ora. E con me - poveri pensionati della memoria - amaramente ragionano su le vane illusioni della vita, di cui essi al tutto si sono disillusi, di cui non posso ancora disilludermi al tutto anch'io, benché come loro le riconosca vane.

FINE